我們，再次重逢的世界

우리가 다시 만날 세계

黃麻瓜——著
陳品芳——譯

國外好評

本書是在呼應一九九〇年消失的每一位女性。這個故事不僅是由蔡真理、海拉與以英這些對彼此來說珍貴且無可替代的人所創造，更是由那些未曾謀面的女性所串聯、創造出來的故事。

主角蔡真理為了保護心愛的人而四處奔走，她的母親為了活出自己的人生而決定不生小孩。這樣的兩個人相遇後，創造了新的世界。她們沒有停留在「是否要中止妊娠」這兩個貧乏的選項之間，而是創造了一個全新的選擇。而那正是我們將要重逢、我們不曾見過，或許是一個已經到來的世界。

——李吉保羅（韓國導演、作家）

《Cine 21》

以一九九〇、白馬年出生的女孩成為「被抹去的存在」為主軸而想像的小說，卻與二〇二二年韓國正發生的現實毛骨悚然地相似。正如主角真理所說，我們需要更多的武器和聲音，為了讓世界變得更好，為了讓無論是你或我都不會無故消失，好好地活下去。

《Channel Yes》

本書描繪了這樣的風景——某個人，以及某個人的世界像是從一開始就不存在那樣地消失了，彷彿什麼都沒有發生。但是因為有人沒有遺忘、並且想要改正，於是世界一步步地產生了變化。本書會成為某個人的勇氣與安慰。而正是那種重生的勇氣與安慰，將會改變世界。

《Pressian》

以超凡的想像力為基礎的科幻小說，有時更能突顯出現實的不合理，徹底暴露出我們以為像空氣一樣自然存在的不合理，是多麼的奇異。

這部小說中的平行世界，在現實中也確實存在著。雖然「文學能原封不動地呈現現實」是一句老生常談，但文學確實再現了真實，並且將我們喚醒。

《VOGUE KOREA》

我們正處於韓國科幻文學的復興期。從人類與AlphaGo的圍棋對弈，到個人的太空旅行，各種過往科幻電影情節般的新聞不斷上演，這股熱潮席捲了全球。科幻文學也在這股狂熱之中，不斷擴大了大眾性。黃麻瓜作家正是在越來越受歡迎的科幻文學類型中的代表作家之一。

《文化日報》

被抹去和排斥的「我們」，經常互相破壞的另一個「我們」，在即將再次相遇的世界裡，真的能「共存」嗎？主角蔡真理疾呼：我們是目擊者、倖存者、生存者，也是傳達這個重要訊息的人。我想為無法來到這個世界的女性，找到能在這個世界共存的方式。現在就是我們加入蔡真理的冒險的時刻。

《韓民族日報》

身處不同世代的兩位女性聯合起來，在阻止「只有女孩會消失的世界」的過程中，自然而然地連接起過去和現在，相互對話。本書的敘事就像在文字背後看不見的回聲，精巧且流淌，發揮出讓人忍不住一口氣讀完的力量。

目錄

第一部　一九九〇年生的蔡真理

第二部　我們，再次重逢的世界

作者的話

第一部

一九九〇年生的蔡真理

一九九〇年，對媽媽和我來說很特別的一年

一九九〇年，對我們一家人來說是相當特別的一年。

一九九〇年，以干支紀年法來算是庚午年。媽媽喜歡了十多年的歌手卞真燮，在那年推出了熱門暢銷單曲，成為家喻戶曉的歌王。卞真燮在一九八九年發行的第二張專輯，成了媽媽胎教的最佳選擇，也是我出生時的背景音樂。這都是媽媽寫在胎教日記的內容。

根據日記所述，對即將臨盆的媽媽來說，卞真燮是不容忽視的存在。〈再一次走向你〉、〈致淑女〉、〈蘿拉〉、〈我們需要愛情〉、〈飛向高空〉、〈希望〉等，我在媽媽肚子裡時，肯定已經把卞真燮的經典名曲背得滾瓜爛熟。我來到這世上的第一聲哭泣，會不會很像〈蘿拉〉的旋律呢？搞不好差點就創造出「有個孩子出生時竟高唱卞真燮名曲」的都市傳說了呢。我想我肯定是一邊聽卞真燮的歌，一邊興奮期待自己來到世界上，用自己的肺大口呼吸的那一刻。從各種情況來看，我認為一定是這樣沒錯。當時媽媽真的很愛〈蘿拉〉這首歌，還差點要把我取名為蘿拉呢！最後是在爸爸的強烈反對下，才讓女兒不至於連名字也受卞真燮的影響。

「彩羅兩個字唸起來很不順口啊！」

我出生前，爸媽展開激烈的辯論。爸爸的口氣顯然不太開心，媽媽也難掩不悅。

「還不是因為你的姓氏！在『蔡』這個姓後面，不管取什麼名字都會讓人覺得很拗口。」

爸爸不甘示弱：「我也不喜歡他的歌詞！什麼『要是沒有我，妳一個人會有多孤單』……這可是違反了我們蔡家希望大家『吃飽飽，過好好』的家訓耶！」

這場女兒之名的爭奪戰分不出勝負，但媽媽無論如何都不想輸。

「跟我姓，叫『崔蘿拉』聽起來就好多了，崔這個姓後面不管接什麼名字，聽起來都給人最棒、最好的感覺。」

幸好爭論在媽媽臨盆之際宣告落幕。如果爸媽沒有早早停止這場意氣之爭，那我出生後，可能會過上好長一段無名氏生活。爸爸也說，他一個人實在無法決定我的名字。

從小，我就會拿媽媽的錄音帶聽卞真燮的歌。升上國中後，還把他的歌放入爸爸送我的MP3隨身聽裡，每年都會瞞著爸爸偷聽個一、兩次。不知道是不是受卞真燮影響，我非常喜歡有些憂鬱的情歌。

媽媽和我都是陶醉於情歌的人，只有爸爸對音樂絲毫沒有興趣。

「爸爸，你工作時怎麼能不聽音樂呢？要有音樂才會有工作的動力吧？你現在就像騎著一臺生鏽的腳踏車，拚命踩著踏板拖它前進。」

每當我這麼說，爸爸總會生氣地回應：「妳在胡說什麼？我很喜歡音樂，而且什麼類型都喜歡。妳不知道我是個多有包容力的人吧？人家都說，一個人的喜好就代表了他的個性。」

我瞇著眼緊盯爸爸，那是個搞笑漫畫常見的表情。我知道一個對任何事都沒興趣的人，才會像爸爸一樣有這種反應。畢竟有喜好就會有愛，有愛就會執著，有了執著之後，無法妥協的事情便會增加。所以被某件事吸引本身就是件麻煩事。而聲稱自己「很有包容力」的爸爸——我明白不執著於任何事的包容力，幾乎等同於對任何事都不關心。

每到週末，我會閱讀媽媽婚前搜集的少女漫畫雜誌。那是她從高中開始自己存零用錢買的，也是我們的傳家之寶。十七年來，我浸淫在少女漫畫與卞真燮的歌曲之中，活在八〇、九〇年代的流行之下。這都多虧了媽媽。

對現在的小孩來說，最受歡迎的是網路漫畫〈心靈的聲音〉、〈叢林高中〉、姜草的〈傻瓜〉還有許英萬的〈食客〉。但由於我嚴重受到媽媽影響，所以喜好比同年紀的孩子「復古」很多，甚至感覺自己和班上同學有世代差異。

媽媽曾說，她遲早要把這些從高中開始搜集的漫畫捐到漫畫博物館去。收藏這些漫畫的房間，是全家空氣最新鮮的地方，也讓這些書都保持在良好狀態。這些物品是遲早要進博物館的寶物，而這個房間則是它們短暫停留的休息室。

我爸爸蔡必臨先生，是個曾經夢想要得諾貝爾獎的科學家。現在則經營一間以我為名的麵包店，以「真理麵包店」老闆的身分，追求講究科學的美味麵包。用於烘焙的酵母，是爸爸在製藥公司擔任研究員時自製的合成酵母。他好像說過，這個研究如果繼續推動下去，他就會創下消滅癌症的豐功偉業，肯定能因此獲得諾貝爾獎。

爸爸用的酵母有點特別，他將用於治療諾卡病毒的藥物，放入麵糰發酵用的酵母「伊斯特Y」當中。諾卡病毒是一種古老的地方性流行病，症狀與瘧疾十分類似。年輕時的爸爸因撲滅諾卡病毒有功而獲獎，即便威風一時，如今獎狀也積了厚厚的灰塵。爸爸雖為此感到驕傲，卻很少吹噓那些豐功偉業，因為那不是諾貝爾獎。在我看來，這樣的態度跟謙虛有段差距。

真理麵包店的招牌商品是鮮奶油可頌，好吃到讓我連吃十七年都不覺得膩。就算是口味時時刻刻都在變的顧客，還是會不時買個鮮奶油可頌來回味最初的美好與感動。鮮奶油可頌是十七年來撐起烘焙坊的人氣商品，也是爸爸的驕傲。一提到麵包，爸爸總會微微抬起下巴，不露痕跡地展現他的自豪。他雖然從來不說，但我想他肯定常聽客人稱讚麵包有多好吃。吃過連鎖麵包店的麵包，再來吃真理麵包店剛出爐的麵包，甚至會讓人感覺黯淡的世界被瞬間點亮。

由於招牌上就印著我的名字，所以無論去到哪，大家都以「麵包店的女兒」來稱呼我。至於爸爸，則是動不動就把「麵包是真理」、「要尋找烘焙的真理」掛在嘴邊，老愛拿女兒的名字講一些雙關冷笑話。也多虧了他，我只要跟認識他的人報上自己的名字，對方立刻就會知道我是麵包店的女兒。甚至還有很多人在我自報姓名前，就一眼認出我來，說我跟爸爸長得一模一樣，簡直像用同個模具烤出來的餅乾。

「這就是家人啊。」爸爸滿意地說。

一家人長相相似想必令他非常開心，但他並沒有特別表現出來。有些東西自我出生那一刻起便如影隨形，無關乎我的喜好與個人意志，血緣就是其中一項。

自麵包店開業以來，爸爸總是開玩笑說自己追求烘焙技巧的態度，有如科學家「探究天地真理的倔強」。雖然只是玩笑，但聽來實在有些褻瀆神明。他想表達的，應該是自己的人生不走回頭路，對烘焙技巧的鑽研沒有妥協的餘地吧。看他無論是店名還是女兒的姓名，都堅決使用相同的名字，就知道他這個人的確始終如一。再不然就是想法單純，擅長回收再利用。

我經常挑釁爸爸：「那烘焙的真理到底是什麼？」

「這是個沒有答案的問題，就是要達到最高境界，跟修行有點像。」

「一定要達到最高境界嗎？好吃就行了吧！有一定程度的好吃，受到一定程度的喜愛就行啦，你看附近那間炸雞店就是這樣。」我開始抓他的語病。

接著爸爸會擺出一副洞悉宇宙真理的態度跟我說：「我的寶貝女兒，就像挑戰登山或馬拉松一樣，有些事就是要堅持到最後。雖然過程驚心動魄，但也能幫助自己登上顛峰。能堅持到底的人跟別人可不一樣！他們不會虛應故事！爸爸現在也是秉持這種心態在面對工作的。」

拜託！他之前還說什麼自營業者的人生，就是會定期陷入低潮。意思是說偶爾陷入低潮也是邁向人生頂點的過程囉？不過我還是有些慶幸，我爸爸是個相當自負的人。

因為學區的關係，爸爸選擇在月租貴到會讓人掉下巴的地點開店，也因此我們的家計十分沉重，爸爸經常累到直不起腰。但爸爸總是告訴我，現在認識的人以後都會是我的資產，這些辛苦都是值得的。他說每個朋友都是資產，與我就讀哪個學區無關。

「爸爸你年輕時要是真的成功開發新藥、得了諾貝爾獎，絕對會變得不可一世、目中無人，我覺得你現在這樣就剛剛好。啊，還有，蛋糕就拜託你囉。」

每年生日，我都很期待品嘗爸爸的特製蛋糕。

一個人出生的這天很有紀念價值。人們在慶祝重要大事時，總會在蛋糕上插蠟燭，慶祝一個人的生日，自然也是需要點蠟燭的大事之一。我很喜歡簡短祝賀他人生日快樂的訊息，也很享受每個月都會有幾個朋友生日這件事。無論是即將出生還是已經出生，我都希望「出生」這件事對每個人來說是一種祝福。只是每次這樣許願到最後，我心裡都會有些難過。

一九九〇年，在我出生的同時，媽媽也離開了這個世界。

我的生日，也就是媽媽的忌日即將來到。忌日的前一個週末，家族親戚會一起前往墓園祭拜媽媽。我今年也以課業忙碌為藉口沒有出席。即便親戚們過去總是對此頗有微詞，但現在也漸漸不再多說什麼。

小時候每逢媽媽的忌日，大家都會聚在一起哀嘆我沒有媽媽，真的很可憐。所有人哭成一片，實在讓我尷尬透頂。稍微長大一點後，大家口中的我就成了沒有媽媽也平安長大的特例，這更讓我備感壓力。我的親戚就是一群深信沒有母親，孩子就無法好好長大的人。對他們來說，平凡長大沒有走歪的我是個特殊的例外，但我一點也不覺得這是稱讚。

與親戚分開後，爸爸今年同樣喝了個爛醉才回來。我拿了杯蜂蜜水給他，並暗自決定明年連蜂蜜水都不會再幫爸爸準備，絕對要到海拉家住一個晚上才回來。

接著爸爸便以「那個時候啊」作為開場白，開始長篇大論聊起往事——就知道會這樣，連開始話當年的時間點也跟我預測的一模一樣。

「那時候啊，爸爸真的很忙很忙，妳跟媽媽都沒有體諒爸爸，不知道在急什麼。我本來想說工作告一段落就開始休假，結果妳個性太急躁了，連這幾天都不能等，竟然提早兩天出來了。」

每年這個時候他都會重複這個故事，我看準時機打斷他。

「如果我在這時候就叫你別說了，你是不是又要說我個性真的很急？」

「以英她啊，真的很擅長跑步……」

爸爸忽視我的話，繼續往下一段故事前進。這次我決定默默聽就好，因為媽媽跑步的故事就算每年都聽，還是很有趣。

「那時我在準備求婚，卻被妳媽媽發現了。她說她還沒做好心理準備，就丟下我跑了。

她可是田徑選手，我哪追得上啊！」

每次聽到這裡我都覺得很好笑。媽媽紅著一張臉拚命逃跑，爸爸手上抓著花瓣飛散的玫瑰花束在後頭追，越想越覺得那根本是浪漫愛情喜劇的場景。如果爸爸的故事都這麼有趣，我當然每年都願意聽他回憶往事。

「那天我應該跟媽媽一起進去分娩室的。」

一如既往，又來到了最悲慘的環節。

「拜託，你又不是醫生，幹嘛每次都講得好像你是負責開刀的人啊？」

我的吐槽雖然尖銳，卻是希望能藉此安慰他。其實如果說到這裡，他還沒有露出一副可憐兮兮的模樣，那哭著喊說想媽媽的人可能就是我了。說不定他是為了把我培養成一個堅強的孩子，才會故意裝出悲慘的樣子。有一個人難過，另一個人就要堅強嘛，肯定是這樣。這位大叔在想什麼我都一清二楚。

「如果生產、懷孕都是男人的事該多好，對吧？」爸爸淚眼婆娑地說。

我一邊吃著鮮奶油可頌一邊吐槽：「好了啦，你今年有點太誇張囉。」

今年的鮮奶油可頌比往年更甜。從沒有外包裝這點看來，應該是特地做給我吃的。

「難過時就得吃甜的，老爸你今年做的麵包超甜的喔。」

他大口咬下我塞過去的鮮奶油可頌，邊咀嚼邊掉淚，酥脆的可頌外皮在咀嚼的過程中一片片剝落。

「以英真的好愛我做的鮮奶油……」

我靜靜嘆了口氣。去年爸爸幫我籌備了生日派對，讓我跟朋友一起開心慶祝生日。開心到讓我在派對結束後，還為努力忘記媽媽忌日這件事產生了嚴重的罪惡感。今年則是太憂鬱了，要在開心跟憂鬱之間掌握平衡真的很難。

媽媽對我來說就像獨角獸，是只存在於想像中的生物。對爸爸來說卻是曾經真實存在的回憶，所以我必須理解他。我拍拍爸爸的肩，噘著嘴說我也很想媽媽，要他別這麼不講道義，丟下我獨自沉浸在回憶裡。最後我又大力拍了一下爸爸的背，要他振作起來，然後便進房了。

爸爸經常沉浸在過去和回憶中。我雖然也思念媽媽，卻絲毫不想停留在過去。卞真燮的歌曲、李江珠的漫畫，這些媽媽曾經熱愛的事物，對我來說都是現在進行式。

媽的忌日就是我的生日，讓我似乎繼承了媽媽的人生。我相信因為有我，媽媽才能夠不只是一個存在於過去的人物。就好像放在通風良好的房間裡收藏的漫畫，遲早會進博物館變成未來的珍寶，媽媽的人生也會藉由我與未來連接。這是我的出生賦予我的責任。

一九九〇年是個值得記住的重要年份。如果我沒有出生，那麼我身邊的一切肯定也不會存在。這樣一想，眼前的風景似乎就變得有些哀戚。

真是的，我實在是太感性了。

全新的記憶

——真理，明天學校見。

輕快的簡訊聲響起，是動宇傳來的。

去年秋天，我鼓起勇氣向動宇告白，然後我們就開始交往了。

朴動宇是個誠懇且富有想像力的人。認識他之後我發現，要理解一個人需要的不是知識，而是想像力。我喜歡以前的少女漫畫，動宇則喜歡老電影，雖然我們喜好不同，卻很聊得來。有時他會跟我分享一些設定非常荒唐的電影，但他還是大力稱讚那是世上獨一無二的名作，讓我覺得他很有機會成為陰謀論者，畢竟陰謀論者的想像力都很豐富。當然，他也很有可能跟一般的高二男生一樣，成為一個沒什麼想法的普通人。

動宇是個懂得自律的模範生。從我的標準來看，他也是我們班最善良的男生，即使是開玩笑，他也不曾貶損過別人。這讓他被班上很多男生嫌棄他很無聊，但我很喜歡這一點，我無法容忍如影隨形的男友成天吐槽別人，把白目當有趣，還拚命幫自己找藉口。

第一次見到動宇時，我覺得他就像隻可怕的樹懶。

進入崇林高中就讀後，我跟動宇分到同一班，還上同一間補習班，到讀書室晚自習時的位置也很近。書讀到腰痠背痛、肚子餓到受不了時，我會開始思考類似人生的真諦、教育的最終目標等哲學大哉問。複雜的數學公式、元素週期表這類東西，除了以考題的形式出現在我的生命中，究竟還會對我的人生帶來什麼影響？像Sophisticated或incontrovertible這種我必須拚了命才能背下的陌生單字，除了考試，在我死之前還有其他機會派上用場嗎？厭世情緒和席捲而來的睡意一起襲擊我。而每當我帶著這樣的煩惱，臉朝左邊往前趴下去，就一定會看見坐在我左邊的動宇。

動宇總是用同樣的姿勢埋頭讀書。動也不動，始終維持同個姿勢的模樣，像極了一隻樹懶。樹懶會不會也跟動宇一樣，是熱衷於某件事才動也不動呢？一想到這裡，我就覺得樹懶或許是種非常可怕的生物。

後來每當我讀書讀到睏了，便會開始尋找動宇的身影，希望能警惕自己，避免太過鬆懈。我會看見他挺直腰桿，維持同一個姿勢認真讀書的模樣，那會讓我短暫產生想跟他競爭的心態。在讀書室裡尋找動宇的身影，逐漸成了我的日常。

關注他好一陣子之後，終於有一天，我在補習班主動找他說話。

「你專注力怎麼那麼好？我盯著你看很久，但你都沒發現耶。」

動宇輕笑了出來。「妳覺得我沒發現嗎？」

「什麼？你有注意到？」

動宇尷尬地扯起嘴角，有些含糊地說：「沒有啦，就……」

我們兩個害羞又有些尷尬，不敢看彼此，而是分別看著不同的地方。他那句「妳覺得我沒發現嗎」在我腦海中不斷重播。這時我發現，原來一再重複咀嚼同一句話，那句話就會變得格外有意義。我努力壓抑自己那顆不知分寸、一個勁猛跳的心臟，提醒自己別隨意重複咀嚼別人說的話。

決定跟動宇告白後，我先把這件事告訴我的死黨海拉，但她非常反對。

「一不小心，妳會痛苦到畢業！」海拉把她姐姐的建議說給我聽：「這是我家閃亮姐姐跟我說的。她說我們一定要花一段時間去觀察一個人，一年左右最剛好。例如有些人夏天很有活力，但到冬天會突然變得很憂鬱，個性差異大到判若兩人。」

意思是說，我們對一個人的第一印象，很有可能出錯。海拉口頭轉述閃亮姐姐的建議，對我來說就像祖先傳承的智慧一樣寶貴。閃亮姐姐是位網路漫畫家，以日常生活為題材創作漫畫，貼切的內容深獲二、三十歲女性讀者的廣大好評。她給的建議真的很有道理，所以我決定接受。也因為這樣，我一直把這份心意隱藏到去年的秋天。

到了一年級下學期，我的想法依然沒有改變，於是我決定跟動宇提議交往。聽完我的告白後，動宇露出他招牌的淺淺微笑。

「我一直在等妳跟我說。」

「什麼？你都沒有想主動告白嗎？」

「有是有啦……」

「但是？」

「我更重視妳的想法啊，所以⋯⋯」

於是，我有了一個很滿意的男友。

開始交往後，我能看見勳宇不曾展現的模樣，也發現他有一些非常明確的小小喜好，還有很少有機會表現出來的堅決固執。他曾說，拿散發油耗味的炸薯條去沾玉米脆片起司醬很好吃，我實在無法接受這種吃法。難道非得把那些又鹹、味道又重又不乾淨的食物塞進肚子裡，才能吃飽嗎？我想這或許是因為他們這個年紀的男生，普遍崇尚「不乾不淨，吃了沒病」。

如今，我也知道勳宇為何像隻可怕的樹懶了。交往前在我眼裡像隻樹懶的他，交往後才發現他是因為對未來感到不安而動彈不得。人與人之間的距離實在非常有趣。我跟勳宇只是稍微縮短了距離，許多行為在我眼裡就截然不同。過去遇到某些事他總是含糊帶過，不輕易表露心跡。但我們開始交往後，他會想辦法表達出來，這也使我們得以縮短彼此的距離。現在在我眼裡，每一天的勳宇都跟前一天截然不同。一個人究竟能劃分出幾個層次呢？看著跟我交往後一天一天改變的勳宇，我領悟到，我們的人生會透過觀看自己的他人而增添更多不同面向。

我一直以為勳宇跟其他人的相處沒什麼問題。直到有一次他告訴我，他覺得男生的世界就像一座只有被捕食者的叢林。得知他的真實想法後，我嚇了一大跳。他說那就像是一個沒有任何勝利者的遊戲，我很喜歡這個直接的比喻。

「你能那麼專注的祕訣是什麼？」

「不知道耶，我只是不想要以後再後悔，畢竟我們不知道何時會死嘛。」

動宇的聲音中帶著一絲寂寞，那與他平時乾脆俐落、一派輕鬆的表情非常不搭。

他補充說：「雖然我很討厭上學，但如果不能上好大學，未來的人生應該會很辛苦，可是上了好大學就會幸福嗎？大家都不去談論『我』的幸福，一心只以為上了好大學就會幸福。其實大家都知道這些是無謂的競爭，還是沒辦法停止競爭，這真的讓我很難過。」

我知道他不會隨便對人坦承這些空虛、無力與自責。而在他面前，我也會展現自己的真實想法。

「我也是。我認為所謂的夢想，其實就像穿越時空到還沒去過的未來。為了想像自己的未來，我們面對人生反而會比看電影更需要想像力。」

「妳怎麼沒說我不像個男生、太愛胡思亂想？」動宇先是說完這句，又接著說：「謝謝妳。」

「我們應該都預測不到未來可能會發生什麼，會讓我們後悔吧。畢竟那是我們從沒去過的世界。」我對不想後悔的動宇及自己說。

當然，沒有人知道未來的事。也許自己現在熱愛的事物，未來會變得不屑一顧；現在看起來微不足道的事物，未來也可能變得舉足輕重。我們只能期待自己滾燙的心能冷卻得慢一點；期待蔑視的目光，能逐漸轉變成欽佩的仰望。

有一天，勳宇說：「我奶奶說過，我上面有三個姐姐。不對，她是說差點有三個姐姐。聽她這樣說我就知道了，我是代替她們出生的。所以我想努力地活，至少讓她們三個看著我的時候，不會感到委屈。」

這種想承擔他人生命重量的想法，令我對勳宇刮目相看。我偶爾會從勳宇的角度看世界，因為他對事物的感受與接受度都與眾不同。我的死黨海拉也跟他一樣。我認為，交一個跟自己個性截然不同的朋友是很重要的事。這樣一來，我才能用那些朋友說話的方式、思考的模式來看待這個世界。當我把他人的想法轉變成自己的，那熟悉的世界就會變得很不一樣。

理解他人的心是複雜卻美妙的事。有時我會無可救藥的樂觀，有時會比獨處時更加消沉。

*

「可惡，遲到了啦！」

看見時鐘的指針距離我設定的鬧鐘時間已經很遠，我瞬間從床上跳了起來。

居然在二年級開學第一天就遲到！我甚至沒時間好好打扮自己，讓新同學留下好印象。我像一部快轉的影片，每個動作都以超高速進行。我決定跳過幾個準備步驟，就像跳過電影裡幾場不重要的戲。我心想，如果想挽回因睡過頭而搞砸的第一印象，那我只能想辦法讓新朋友每天看見不一樣的我了。

「爸！你怎麼沒叫我？我要遲到了！」我大叫著朝玄關衝出去。

家裡似乎沒有人在。我衝出大門，拚命往公車站跑。三月初的冷風迎面而來，讓我不停流鼻水。那是個陰冷的早晨。我們都知道，並不是月曆上的月份換了，新的季節就會跟著開始。

我埋頭狂奔，催促自己趕緊向前跑，沒時間去留心早晨的風景。當時我一心想準時抵達教室，坐到椅子上用輕鬆自在的表情迎接老師。

就在即將抵達公車站時，我感受到一股短暫的震動。彷彿有什麼東西狠狠敲在地上引發的震動，讓我差點一個踉蹌撲倒在地。那震動好似地震，但為什麼會有地震？我會因此而死嗎？

瞬間，許多記憶像跑馬燈一樣閃過我的腦海。

這是什麼？

那不是我的記憶。許多我這輩子從沒經歷過的陌生場景，像幻燈片一樣跑過我的腦海。

我打開手機，沒收到任何緊急通知。難道是貧血頭暈？我蹲下再站起來，試著排除是貧血造成的誤會。沒有明確的徵兆，也沒有任何警示，危險總是像這樣突然來到，如果沒有人特別提醒，根本不會察覺到，危險總把自己偽裝得像是從不存在。

直到很久以後，我才回想起那天的暈眩。如果那時我感知到危險，我會逃跑嗎？我該往哪跑呢？如果我必須立刻逃跑，那該逃到這世上的哪個地方，才能逃離危險？

我像往常一樣搭上往學校的公車。但上學路上的風景有些陌生。新學期第一天都是這樣嗎？感覺有點奇怪。人們看起來似乎也跟我一樣慌張，又像是失魂落魄，彷彿我們一起掉進了一個陌生的空間。

大約三十分鐘後我才明白，所謂的新開始並不一定都踩著輕盈且充滿活力的步伐，新的一天有時也會帶著絕望與悲觀，來到我們面前。

我從沒想過世界會變得比現在更糟，畢竟我覺得現在就已經不怎麼好了。變壞也是一種改變。

我把這句話記在腦中，打算今晚寫在日記上。

變得更糟了

二〇〇七年三月五日，我沒想過升上二年級的第一天會如此糟糕。

我在上課前五分鐘踏入教室。我想假裝自己不喘，卻反而流了更多汗。我用眼神跟去年同班的人打招呼，他們卻完全不理我，直到發現坐在教室最後面的海拉，於是坐到她後面，一邊擦汗一邊調整呼吸。

「妳準備要考體育大學嗎？怎麼一大早就做這麼激烈的運動？」

「什麼體育大學啦！」

我接過海拉遞來的手帕，那是二〇〇二年韓日足球世界盃紀念品。我擦了擦汗、還擤了鼻涕。

「喂！妳給我用熱水清洗消毒後再還我喔。」海拉嘟囔著，但還是把鏡子塞給我，讓我整理儀容。我順手幫她拿下掉在衣服上的一根頭髮，隨口道了聲謝。

五年前的世界盃足球賽掀起紅魔鬼熱潮，令全國上下一片歡欣鼓舞。只是時過境遷，當時搶手的周邊如今成了廉價又沒人要的滯銷品。海拉的品味再怎麼差，應該都不會自己花錢買這東西，肯定是她爸媽經營了三十年的那間傳統烤腸店發剩的贈品。就像我家在聖誕節時，總會有一堆賣剩的蛋糕要消耗一樣。我看著那條手帕，當年那個歷史性的時刻，如今也只是平凡的風景。我想，說不定我們以為的每個平凡日常，其實原本都有它的歷史意義。

海拉跟我不是那種會天天黏在一起的朋友，我們相處得很愉快，卻會保持一定的距離，因而格外特別。

我跟勳宇開始交往後，她是少數沒有跟我友情生變的朋友之一。有些人的態度在我交了男友後就突然變了，暗戀勳宇的人刻意遠離我，想跟勳宇好友拉近距離的人則主動接近我。每個人都因各自的意圖做出不同的改變。相較之下，海拉對這件事幾乎是漠不關心。在某些地方我們很在乎彼此，但有些時候也需要這種不受外在條件影響的漠不關心。因為有海拉這種隨和的朋友，我才能領悟這一點。

海拉身邊有許多被她稱為「姐姐」的人，這些人不見得都跟她有血緣關係。因為這些姐姐的影響，她總能給我很多成熟的建議。我不覺得她囉唆，因為她總是以我的選擇為優先。

「有很多例子告訴我們，把男友放在人生最重要的位置，分手後可能會超級後悔，妳要多注意」、「能一頭栽進某件事情裡是很好，但人生需要妳一頭栽進去的可不只有一件事」、「要兼顧同性朋友與異性朋友間的平衡，要好好維繫好友與普通朋友之間的平衡」……我就像在背誦考試範圍一樣，認真把海拉說的話記下來。

海拉雖然跟我開玩笑，要我把手帕消毒過再還她，我卻覺得她今天的臉色莫名黯淡。

「妳來啦？」坐在海拉旁邊的睿俊轉頭跟我打招呼。

看見他友善的眼神，我的心情好多了。睿俊總會在一旁聽我跟海拉聊天，然後在奇怪的地方自己笑出來，他的笑點似乎跟別人不太一樣。但我很喜歡這樣的睿俊。他是我身邊唯一會看外國雜誌的人。跟我們相比，他關注的東西通常都離我們比較遠。我是一個看重眼前問題的人，也因此偶爾會覺得他關注那些遙遠的事物是在白費力氣。但我知道，我還是得有幾個這樣的朋友。

「真理，今天感覺有點奇怪。」海拉壓低聲音說。

「哪裡奇怪？」

趕在老師來之前順利進入教室，讓我瞬間放下懸著的心，所以沒注意到教室裡的異狀。

「妳看他們。」海拉指著聚在窗邊的幾個男生。「他們今天早上都不跟人打招呼。」

我朝著她手指的方向看過去，鐘赫跟幾個男生正聚在窗邊低聲交談。但他們看起來很嚴肅，讓我不由得深吸了一口氣。

「開學第一天就在講祕密喔？」

我看見勳宇就站在那幾個男生附近。

「勳宇！」

我揮手跟勳宇打招呼，窗邊那群人緩緩抬起頭看我。

氣氛非常怪，動宇正以有別於以往的傲慢姿態跟那群人說話，連看都不看我一眼。其中一人抓住動宇的肩膀搖晃著，看起來像在嘲笑他。

「喂，她是你女朋友耶。」

動宇不耐煩地推了說話的人一下。

「太受歡迎真的很麻煩。」

怎麼回事？這感覺好陌生，動宇的表情很奇怪。我瞪著動宇，一邊傳簡訊給他。

—到底在幹嘛？

手機通知一響，他便低頭看了看手機。這時鐘赫對著動宇發出奇怪的叫聲。

「喔，這傢伙很厲害喔，居然馬上行動耶。」

「她說什麼？是她對吧？」

教室裡的氣氛讓人很不舒服。動宇就在眾目睽睽之下朝我走過來，但他緩步朝我走來時的眼神讓我害怕。昨晚我們還很正常地互傳簡訊，為什麼今天他就變得像個陌生人？大搖大擺的走路姿勢、不屑地歪向一邊的頭、陌生的表情，我都從來不曾見過，他看起來就像另一個人。一切怪異得令我害怕。

「這是妳傳的嗎？」

動宇的語氣讓我立刻轉頭看海拉，海拉比我更困惑，睿俊也站起身擺出警戒的姿態。看著海拉與睿俊的反應，我知道我們果然是真朋友。只有真朋友才會對同一件事產生同樣的感覺。海拉跟睿俊跟我一樣不安，只有動宇變了。

動宇讓我看他的手機畫面，握在手上的手機還搖晃了幾下。

「這是不是妳？」他平靜的聲音裡，充滿對我的無知。

「什麼？」

同學圍在一旁靜靜看著我們兩個。動宇和那群盯著我的人，眼神中似乎充斥與我們截然不同的記憶與認知。光看眼神，就能把班上的人分成兩邊。在那一刻，這小小空間裡的「我們」被一分為二。

我走向那個頂著「朴動宇」之名的皮囊，海拉跟睿俊也往前跨了一步，像是要保護我。

我壓低聲音問：「你是誰？」

「大家坐下，要開始上課了。」

這時，歷史老師走進了教室，告訴我們開學典禮延後舉辦，現在要直接開始上第一堂課。歷史老師是我們二年級的班導，宣布開始上課後，他立刻開口問大家：

「知道我們學校在上學期還是男校的人舉手。」

這是什麼調查？奇怪的是，動宇、鐘赫還有其他兩、三個男生都舉手了。

「知道學校一直是男女合校的人呢？」

所有女生，還有睿俊跟季秀等幾個男生舉手了。

海拉舉起手問：「老師，那你知道的是什麼？」

「我……就先不說了。一開始舉手的那幾個人，第一堂課下課後到輔導室來。」

一早就一直低聲密談的那群男生忍不住發難。

「老師，你對女生的態度要跟對我們一樣啊！你是男校老師耶，怎麼可以遇到女生就改變這麼大……」

接著鐘赫開了一個我聽不懂的玩笑，大笑出聲。我覺得很怪，在他的玩笑裡，我不屬於他口中的「我們」。而且他說老師是「男校老師」？他到底在說什麼？老師為什麼看起來有點尷尬？

「開學典禮改到下午舉行，晚自習從今天開始，不參加的人要提出補習班的證明，或出示父母的保證書。」

老師轉身面向黑板，避開我們的視線。

「這到底怎麼回事？」

所有人面面相覷，交錯的視線透露著相同的疑問，也在彼此間畫下一條看不見的界線，動宇、鐘赫、幾個男生跟班導在線的另一邊。在這個因為分界線而縮小的教室裡，「我們」迎接新學期的第一天。未來這一年，我們得稱這樣的班級為「我們班」嗎？

老師在尷尬的氣氛中開始上課。我查看之前跟動宇互傳的訊息，那個陌生的動宇，手機裡應該也有我跟他的對話紀錄吧？那都是些我們互道喜歡與想念的內容。我暗自希望，他看完對話紀錄後就會想起我來。

同學們的訊息蜂擁而至。教室裡一片靜默，通訊軟體的群組卻無比吵雜。

—這不是在騙人吧？

—班導跟那些人是不是集體失憶？

—所以他們是有同樣的記憶嗎？

恐懼在訊息中蔓延開來。老師朝向黑板的背影不知為何令人害怕。老師讓我覺得他只是在故作鎮定，想要拚命忽視自己背後那個巨大的問題。

我看見海拉傳來的訊息。

—有問題的那邊才要想辦法吧？我們不用被影響。

海拉說得對，外頭依然是熟悉的景色，世界沒有變，只有男生跟老師集體喪失記憶。

—搞什麼啊？真煩！

—好奇怪，真討厭。

訊息絲毫沒有要停歇的意思。我看著訊息洗了好一陣子，決定闔上手機，但一抬起頭就發現，用同樣的角度依然能看見勳宇的背影出現在我的左側。我不知道該如何迎接他那顯然已經忘記我的眼神，勳宇為何會變成另一個人？

今天同班的男生都說不記得我們，勳宇則像第一次看到我一樣。昨天還膩在一起的人，今天卻突然說以前從沒見過我們。

各位，你們不覺得很怪嗎？難道只要一直推說不知道、忘記了，事情就結束了嗎？只要否定我們的存在，你們的世界就能取代我們的世界嗎？就能弭平所有差異嗎？這有可能發生嗎？

我很想問問勳宇、問問同學、問問老師，問問每一個人。

兩個世界

下課跟午餐時間非常難熬，群組訊息瘋狂洗板的上課時間反而還好過一些。「他們」和「我們」這兩個詞，在兩群人之間代表截然不同的意思。我與那群跟我過著相同的時間、因痛苦而愁眉苦臉的人，共享「我們」這個詞。他們是海拉、睿俊、季秀以及其他女生們。

我們發展出奇特的打招呼方式。從今天開始，大家除了認識彼此之外，還會告訴對方自己的記憶。

「嗨，我是蔡真理，我記得你。」

如果遇到一年級跟我不同班的人，我會用更模糊的語氣來確認對方的記憶。

「嗨，我是蔡真理，去年我們有在學校見過吧？」

女生大部分都會點頭，即使我們沒有實際認識彼此，也不會有人否認我們曾經見過。除非是二年級上學期才轉來的人，否則我們去年肯定曾在校園裡遇過對方。我相信這些人都跟我有著相同的期待，我們都希望彼此有一樣的記憶，能夠分享同一個世界。

相反地，那些一開始就不期待會有相同記憶的人，通常會這樣回我：

「有沒有遇過很重要嗎？以後好好相處就好啦！」

聽到這種話，我得努力裝出沒有受傷的表情。就算對方有禮貌又溫柔，還是用一句話就將我排除在他們的世界之外，證明一開始我們所處的世界就不同。

當然，以前我也曾嘗試劃出一個「我們」的範圍，以一個不一致的標準區分界線，例如成績好與不好、家境好與不好、能不能在未來派上用場……現在想想，都是一些無聊的標準。我想，我肯定也在某人任意設定的標準之下，在某個為我設定好的圈圈裡翻滾著，或是可能根本沒有被歸類到任何地方。

我心中也有對於「我們」的定義。例如這個人看不看少女漫畫、會不會在必要時說些自嘲的笑話來緩和氣氛，或是能不能在有必要時接受不好的結果或接受別人犯錯等等，如果符合我的標準，就能歸類進「我們」。我覺得自己的標準還算有趣。

但這次的劃分標準很特別，居然是「記得學校以前是男校還是男女合校」。如果世上的人開始對一件事情有兩種認知，那未來會變成什麼樣子呢？「你也知道啊」、「那時候就是這樣啊」這種用來回想共同經歷的語句或詞彙，是不是就再也無法任意使用了？

那群男生說的話我實在不該當一回事，一笑置之就好，偏偏那些話卻始終揮之不去。那些話令人無所適從，瞬間失去反應能力。

「真是受不了這些人耶。」

在他們那個圈圈裡，鐘赫坐在中心，大家的視線都集中在他身上。我本來以為他只是話多，因為他總愛大聲發表他在入口網站看到的熱門搜尋結果或熱門文章。他很努力讓自己變成最新話題的追隨者和別人眼中的情報通。雖然並不是這樣就會受到大家的關注，但他的聲音很大，所以一直很有存在感。看著鐘赫這個人，我便意識到即便我們都是人，還是存在很大的差異。就好像誠實、毅力、熱情這些詞彙，雖然都屬於正向詞彙，卻還是代表不同意義。

我知道他本來就是個大嗓門，但今天的音量實在大到令人受不了。

「教務處就有去年的紀錄啊，怎麼不去看一下？也可以看一下你們手機去年的簡訊，就知道這裡以前是男校了嘛。」

海拉出聲建議這些吵死人的男生。

「你們可以清醒點嗎？我是不知道你們為什麼會變成這樣，但可不可以別要求大家跟你們一樣，把錯的都當成對的？」

我很贊同海拉。他們是非不分到讓我覺得自己在這裡擔心他們何時能恢復正常，根本是在為難自己。說不定這些男生明天就會去接受某種心理治療了，所以雖然生氣，我還是忍了下來。想到他們的未來可能會過得很艱辛，我實在不想提前讓他們難過。

就算有這麼多物證，他們如果選擇不相信，那也沒辦法。

「紀錄這種東西可以假造或變造，也能重新詮釋，不要傻傻的什麼都信。」

他們看起來完全沒辦法溝通。我一點也不期待我們能心意相通，我認定為「我們」的群體，跟部分男生認定為「我們」的群體，是完全不同的兩個世界。究竟是為什麼要假造、變造紀錄呢？到底是誰做的？

「我們出生後一直在禮讓女生，現在連『男校』都被搶走耶！女生根本不用當兵，可以比我們多過兩年的人生耶，為什麼還要讓？」

勳宇、鐘赫還有幾個男孩子一起鬨，其他男生也跟著附和。教室變得鬧哄哄的，就像有人把一滴墨水滴進杯子，弄髒了四十多個年紀相仿的學生，在教室這個空間裡創造的小世界。如果世界真的從這裡開始斷成兩截，以後會怎麼樣呢？會不會每到新的一年、新學期、任何事情有新的開始時，世界都會被切成一半、再切成一半的一半？我偷看著勳宇放聲大笑的側臉，覺得心碎了一地。

午餐時間，我沒有吃學校的營養午餐，而是買了麵包到操場去。

同學們三三兩兩地聚在操場上，和跟自己分享相同世界的人一起、和能聽自己說話的人一起。坐在操場角落的海拉跟睿俊對我揮了揮手，我走過去，海拉用手掃掉她身旁空位的塵土，為我清出一個位置。

「妳還好吧？」

明明海拉跟睿俊也心煩得要死，卻還是擔心我。

「沒想到新學期會有這麼特別的開始，簡直就像黑色喜劇……不，更像恐怖片！」

這種意外事件，也可以說是日常的一部分嗎？或許吧，畢竟沒人能知道明天會發生什麼，在電影或連續劇裡也常有喪失記憶之類的情節。一個人突然眼神變了、個性變了，然後整個世界都變了。我們今天遭遇的或許也只是常見現象之一。說到底，如果動宇沒有變，那我也許就能不把這些當一回事。

我開口問海拉及睿俊，希望能再次確認這一切都是真的。

「其他男生真的都變得很奇怪。睿俊記得我們，我們也記得睿俊，睿俊也跟我們有同樣的記憶，對吧？」

睿俊平靜地說：「我去年跟海拉還有妳同班，我跟海拉在同一間補習班認識，然後我們三個就變好了，妳們還一邊幫我化妝一邊吵架，這些事情要我再重複一次嗎？」

雖然我沒有要他證明自己，但睿俊的這番發言倒是給了我安慰。

「除了你，還有季秀跟一些男生也跟我們一起舉手啦，你跟他們都沒變。」

睿俊輕輕嘆了口氣。「以後要定期確認嗎？做一個定期的友情測驗，讓妳們知道我沒變。」

是啊，我自己聽了都覺得好荒唐。

睿俊看著操場說：「他們居然說這裡以前是男校？還覺得是別人把男校搶走了？好扯。」

海拉對睿俊說：「你不是跟其中幾個人很好嗎？你問問他們啊，看到底是怎麼回事。

雖然我覺得我們不該主動去提起，但還是有點不安。」

「妳們剛才也看到了，他們根本不理我。」睿俊像是要安撫我們似地說：「他們應該是誤會了，我覺得學校應該趕快處理這件事才對。居然是記得正確資訊的人得遺忘自己的記憶，這太奇怪了吧？該怎麼說……他們感覺就像是集體喪失記憶。」

海拉開始推理：「如果只有他們這樣，可以當成是因為討厭上學，才在開學第一天絞盡腦汁搞出這種花招。但居然連班導都這樣說耶，讓人很難不在意。」

我聽見遠方傳來警報聲，海拉跟睿俊肯定也感覺到不太對勁。不過雖然他們感到害怕，也沒有忘記要擔心我。我想，從今天早上開始，世界上的人就被分成了親切與不親切兩種。

海拉小心翼翼地說：「妳跟動宇會怎樣？妳會跟他談談嗎？」

我嘆了口氣。「我不知道，他不是我認識的那個動宇。」

海拉點頭表示贊同。「沒錯，他完全變了。」

「要怎麼樣才能查出到底發生什麼事？」

海拉拍了下手，開始整理起目前為止的狀況。

「好，首先我們來建一個網路社群，然後分別聯絡各自國中時的朋友，問問看其他學校或是其他國家現在是怎樣……」

如果我有兩個姐姐，是不是就能像海拉一樣聰明呢？這種時候，海拉真的好像「姐姐」，非常可靠，讓人很想追隨她。

「這是妳嗎？」

我想起動宇用陌生的眼神盯著我看的模樣，突然有種我們已經分手，我獨自被拋棄的感覺。是我做錯什麼了嗎？這狀況讓我感到無力，也讓我莫名想責怪自己。

今天，我眼前的世界一分為二。我明確意識到，我跟動宇只是分享著同一個時空，但我們夢想的事物、未來的生活都不一樣了。

放學前，班導說針對目前的狀況沒收到任何行政指示，然後就讓我們回家了。他看起來一點也不擔心，彷彿目前的狀況沒給他帶來任何壓力。那是一種決定不要貿然破壞現狀的從容嗎？該如何避免混亂、該如何面對彼此，這些問題似乎都只有我們在思考。一直都是這樣，就像其他問題一樣。

放學後，我到電腦教室逛了幾個網路社群。

某個充斥荒謬陰謀論的留言板上，有一篇文章讓我非常在意。內容是說十八歲以下的女生人數突然暴增，貼文日期是今天。內容不怎麼可信，「暴增」這個詞讓我難以接受。

最後，我申請加入了幾個網路社群，就離開了電腦教室。

第二次機會

「妳來幹嘛？」

白天時男生跟睿俊說了些奇怪的話，晚自習時竟直接把他叫出去了。那些男生平時跟他交情也沒多好，我跟海拉覺得很奇怪，本來想跟過去，卻被擋了下來。睿俊說沒關係，他很快就會回來，但一直到晚自習結束都沒有出現。

幾乎沒有在自習的晚自習結束後，我們走出校舍。入夜後外頭變得跟冬天一樣冷，我跟海拉走出學校大門，拉好身上的大衣快步前進。速度快得像是要逃離可怕的鬼屋，或是得以離開監獄短暫外出的犯人。那種像電影裡逃難的難民的心情，竟讓我感到有些卑微。

「天啊，好冷，畢業後我再也不要穿裙子。」

到底是因為冷還是害怕而發抖，我實在無法分辨。巷子裡故障的路燈一明一滅，很有節奏地閃爍，但我們無心享受這個節奏，必須快步通過。每當路燈熄滅，視線被黑暗阻擋，我都會感到害怕，因為不知燈再度亮起的瞬間，眼前會出現什麼危險。

「睿俊有傳訊息給妳嗎？」

睿俊雖然心思細膩，卻不如大家以為的脆弱，但不是每個人都理解他。尤其睿俊的父母或學校老師，都不可能主動幫忙解決他面臨的問題，這讓我覺得至少自己得多加留心。我同時思考了一下身為朋友，究竟能介入他的人生到什麼程度，但這問題很快就有了答案——像現在這種情況就必須介入，以後面對類似的問題也不該猶豫。

海拉搖搖頭，「等睿俊跟我們聯絡吧，這就是我們現在該做的。」

「海拉，妳沒事吧？」

「我才不在意這些。」

也對，她跟睿俊是同一類人。

新學期有個非常奇怪的開始。在大家都陷入混亂時，不能因為有少數幾個人看起來沒有受到影響就掉以輕心。外柔內剛的人正是因為心思細膩才夠強大，是因為他們看起來不夠強悍，才會讓自己變得強悍。

「有什麼事就打電話給我，我有事也會打給妳。」

雖然我也不知道能幫上什麼忙，但還是堅決地告訴海拉。

「好。」

換成是平時，她肯定會說我這種叮嚀肉麻到讓她起雞皮疙瘩，這次她卻平靜地回答我。我知道我們已經決定成為彼此的依靠。聽到她的回答，就好像喝了一碗熱騰騰的湯，身體微微暖了起來。

*

「嗯？這是什麼？」

回到家一看，發現稱為家的建築物居然不一樣了。我打電話給爸爸，他給了我一個陌生的地址，要我搭計程車過去。爸爸的聲音聽起來有點慌張。

他怎麼可能會要我搭計程車？所以我選擇搭公車去到那個地址。我翻看了手機裡的紀錄，找到一個被我命名為「家」的陌生地址，就是爸爸剛剛告訴我的地址。

我抵達一處有著開闊視野的獨棟住宅。站在與地址相符的家門口，先是看了看四周，然後將掛在手機上的鑰匙插進鑰匙孔，大門神奇地開了。

「爸……？」我有種入侵陌生人家中的感覺，微微壓低身子進入屋內後，卻立刻傻眼。

客廳裡竟然掛著我跟我爸的照片。我小心翼翼開啟每一扇房門，一一確認屋內的狀況。溫馨的小書房裡掛著我熟悉的制服，還有爸爸的臥房、能當會議室使用的大書房等。接著我站到最後一間房門口，深吸了一口氣後打開房門。

房內擺滿了媽媽的物品與漫畫。我開始心跳加速。今天世界有了巨大的改變，難道媽媽也回來了？我看見媽媽的照片放在桌上，上頭寫著「一九六五～一九九〇」，情緒又瞬間放鬆了下來。

「搞什麼嘛！」

這一定是爸爸的惡作劇。我翻找手機通訊錄，發現裡頭並沒有媽媽崔以英的電話號碼。我早就知道了，既然我已經出生，媽媽就不可能回來。我是在媽媽人生的最後一刻，接過她手上的接力棒，接替她活下去的生命。

我重新回到現實。雖然屋子突然變得高級舒適，但實在很難相信這是真的。

「爸！這是在整人嗎？」

我往客廳走去，爸爸看到我，便張開雙手擁抱我。

「真理！」

「搞什麼？你怎麼穿著西裝？你今天去哪裡了？」

爸爸紅著一張臉說：「我得到新的人生了，我不想錯過這個機會。」

「什麼意思？」

爸爸告訴我，今天他身邊的一切都變了，最重要的是職業也變了。他一早就打電話詢問各地的狀況，仔細向房地產仲介、親戚、鄰居確認每一件事。這才確定，他的確有了新工作和新房子。

「這裡是我們家！」

到底發生什麼事了？我實在無法一直維持緊繃的情緒，整個人癱坐在沙發上。

「爸，那我們就在這裡住到被趕走為止吧！這根本是在住飯店嘛！」

爸爸笑著挖苦我：「妳就是樂觀這點像以英。」

我跟從未見面的媽媽像嗎？我呵呵笑了兩聲。爸爸在抽屜裡找到存摺，確認過餘額後，他面帶感激地轉身看向我。

「真理，爸爸現在每個月的薪水很高喔。」

「其實我覺得開小麵包店也不錯啦，現在沒有奶油可頌能吃了，有點可惜耶。」

「那個爸爸還是能做給妳吃！食譜就在我的腦中……」

爸爸的手指放在太陽穴上，動作卻瞬間停了下來。

「怎麼了？」

「我想不起食譜內容了……」

我收起驚訝的神情，試著安慰爸爸。

「直接動手做應該就會想起來了吧？你做了十幾年耶……」

「應……應該吧？」

雖然不知道為什麼，但今天我跟爸爸的生活有了巨大的轉變，就像獲得一份全新的禮物。我跟爸爸一起討論了今早的情況，他說在感覺到地震時，他正跟平時一樣在攪拌麵團。

「真理，可能是老天爺給了我第二次的人生。」

爸爸竟然說出這麼具文學性的話，這世界是真的變了。第二次人生？爸爸竟然獲得這麼棒的禮物？實在沒有理由不高興。

我走進乾淨舒適的房間、躺到床上，就像住在飯店般覺得不太踏實。畢竟學校一片混亂，我也有點擔心睿俊。只有我運氣這麼好，我真的可以開心嗎？

我想起我們在海拉家幫睿俊化妝的事。

「我好醜。」睿俊看了鏡子一眼，喪氣地說。

我們的時間與精力都白費了。我們跟他道歉，並表示我們的化妝技術還太生疏。

「我們沒辦法當化妝師了。」

「難怪我就覺得美術課很難熬，原來是我沒才能。」

睿俊對我們的笑話沒有反應。

「妳們不用安慰我，我也知道，我長得跟電影裡的半獸人一樣醜，再怎麼打扮，我就是長得很可怕。」

我們瞬間語塞。老實說，想變得跟女藝人一樣漂亮，那真是太貪心了。我也是女人，但不會期待自己稍微化一點妝，就突然變得跟偶像一樣漂亮。

睿俊為什麼想化妝？他想成為女人嗎？想變漂亮跟性別認同是兩回事吧？睿俊說如果自己長得很漂亮，那他的喜好與認同也會獲得支持。

「這是什麼意思？女生也要漂亮才能被認同、被支持嗎？」

原本還在安慰睿俊的我瞬間火大了起來。

「不是那個意思啦，只是不漂亮就比較吃虧啊。」

「我也不漂亮，活在這世上也很吃虧啊。不然你想怎樣？背一輩子可能都還不完的債去整形，就能解決問題嗎？」

我無法完全理解睿俊的想法。我告訴他，無論是天性使然還是基因作祟，性別認同就是沒辦法改變的事。但即使我這麼說，他還是想當個漂亮女生，還說什麼女生就是要漂亮。我開始責備他，他哭了起來，眼妝被哭花了，變得像隻熊貓。

「我也不知道，我可能跟大家講的一樣，變態又有性別錯亂吧。我媽要我去醫院看病，所以我下禮拜開始要去諮商。」

「啊……抱歉……」

我不再說話。

海拉跟睿俊說：「肯定有一個最適合你的樣子，如果這世界上還沒有，那我們就一起找。」

海拉拿了一疊資料給睿俊，那是我們之前在搜尋適合睿俊的妝容和衣服時找到的。上頭都是一些男性化的外國女模特兒，或是女性化的男模特兒。睿俊擦了擦眼淚，頂著一雙像熊貓的眼睛微微點頭。

一年級時，睿俊曾經跟三個男生一起偷偷嘗試變裝。他們當時拍的照片被傳到賽我網[1]上公開，三人被迫出櫃。後來另外兩人說他們只是因為好玩而拍，並不是同性戀，睿俊則承認了他的性別認同，並公開出櫃。大家一直罵他是變態。明明是三個人一起做的事，最後只有睿俊受到傷害。諷刺的是，校外教學時在女裝大賽上獲勝的鐘赫，竟然也帶頭欺負睿俊。鐘赫穿女裝的照片在賽我網上成了人氣貼文，一直掛在他的主頁上。身材魁梧的睿俊與下巴線條銳利的鐘赫，扮起女裝來確實很不一樣。但就跟海拉說的，這不是外表的問題。鐘赫是為了搞笑而穿女裝，大家就立刻接受了，可是睿俊並沒有搞笑的意圖，所以大家不覺得有趣。自從那天之後，睿俊也不再笑了。

「他是為了跟女生混在一起才故意裝的啦。」

每次想進女廁，睿俊就會被男生當成變態。他們辱罵睿俊的話，都會夾雜著下流骯髒的字眼。

我跟睿俊針對女生是否該打扮得漂亮起了爭執，海拉只好跳出來緩和尷尬的氣氛。

「我覺得這個社會一方面強調我們要努力，一方面又很愛計較一些先天的特質。」

海拉沒有特別去提睿俊的外表或慾望，只說如果他渴望獲得什麼，而那些渴望與先天條件差距太遠，就應該稱之為「慾望」。海拉的用詞非常簡單，意思卻很深奧。讓我恍然大悟，沒錯，睿俊不是貪心，只是太「渴望」達成難度較高的目標。

「用外表的長相來評論一個人有沒有資格做哪些事，太不公平了。如果我們花費好長一段時間學習、運動，都無法改變某些事，這就不能當成是一種『能力』吧？」海拉說。

聽完這番話，我突然覺得自己剛才不該那樣質問睿俊。我用肩膀推了睿俊的肩膀一

1 Cyworld，在二〇〇〇年時期，曾為韓國最大的社群網站。

下，而剛才斜眼瞪我的他，表情也稍稍緩和了一些。

「努力成為自己理想樣子的人，都值得尊敬，應該被讚賞。而那個模樣究竟適不適合自己，應該由當事人來判斷。」

姜海拉，真是個帥氣的傢伙啊。這樣的人竟然是我的好友，真令人驕傲。就在我拿出筆記本，一一抄下海拉說的話時，睿俊抱了抱海拉。

「如果沒有妳，我真不知道該怎麼辦。」

睿俊正嘗試一點一點接受自己，也是因為海拉接受了他。睿俊說，他只希望世上能有一個理解他的朋友。我氣憤地質問，有兩個人不是更好嗎？睿俊對我翻了個白眼，然後才點點頭說，兩個人也不錯啦。

睿俊從此沒有再說過憧憬可愛又漂亮的外貌。

我知道睿俊和海拉單獨相處時會聊更多內心話，這也讓我有些慚愧。他想必是覺得把那些話告訴我可能又會起爭執，才刻意避免在我面前提起。我想，我肯定會問他一些類似「你是不是對女人有什麼偏見」、「你真正想成為的到底是什麼」這種沒有答案的問題……

無論是睿俊、海拉還是我，都需要能一起找尋生存之道的朋友。人生路上能遇到一個志同道合的人就已經很幸運了，如果能有兩、三個這樣的夥伴，那自然是再好不過。我知道自己不該一味批評睿俊的想法，除非我想傷害重要的朋友，除非我不想跟他們一起走下去。

——睿俊，你還好吧？明天學校見喔。

我傳了封簡訊給睿俊，但沒有收到回覆。我的訊息看在他眼裡，會不會像是在硬逼他必須裝沒事的要求呢？我看著已經傳出去的簡訊，感到有些後悔。

如今爸爸已經不再是麵包師，而是知名製藥公司總經理了。我打開放在客廳裡的電腦，搜尋爸爸公司的名字。公司名叫「奧桑提易立顯」，是韓國生技產業的領導企業，為國家貢獻了不少出口產值。看了看家中奢華的裝潢，我突然有些不安，不確定自己是否真的能擁有這一切。

以前的記憶和新的記憶同時存在了幾天。新的記憶雖然浮現得有些緩慢，但在過了幾天之後，在周遭環境配合下，逐漸成為我真正的記憶。我記得從我小時候開始，爸爸就一直很忙、很累。我試著在網路上搜尋真理麵包店和鮮奶油可頌，卻找不到任何結果。

集體失蹤

學校裡一直瀰漫著奇怪的氣氛。每個人的記憶都一片混亂。很多事情變了，只有海拉始終如一，真是不幸中的大幸。

像鐘赫跟勳宇這樣神情陌生的人越來越多，他們就像滴入清水中的墨汁，讓教室裡的氣氛烏煙瘴氣。我懷念此刻站在我眼前的他們，也懷念去年的他們。其實去年也沒什麼特別的，大多都是上學很累、被課業弄到很煩的回憶，鮮少有感到愉快的事。沒想到那極為平凡的過去，如今卻令我無比想念。

學校成了負的空間。我們的世界，以明年的大學入學考試為中心運轉著。距離大考只剩六〇五天、六〇四天……「今天」不斷被減去。我們能夠自主為生活增添一些什麼、讓生活往正向發展的日子，距離我們還很遙遠。我告訴自己，先試著堅持到減到「〇」的那天。我想要把減號拿掉，讓自己的日常生活充滿加號。我必須擺脫這個充滿減法的人生。

可是適用於這個世界的數學公式突然變了，起點好像永遠離開了我。用我所背下來的公式，似乎連「〇」這個起點都到達不了。

我們持續被否定，日子越過越辛苦。

「他只是想讓自己看起來很特別。我問他說如果以後開始賺錢，要不要像河莉秀那樣去動變性手術，他說他不要。」

得知鐘赫口中說的那個人就是睿俊後，我嚇了一大跳。鐘赫比以前更過分，開始叫睿俊變態殭屍，跟著嘲弄睿俊的人也變多了。睿俊一直被他們叫去欺負，我跟海拉總是事後才知道，但除了生氣，也沒有什麼實質幫助。

跟去年不同的是，睿俊開始揭露自己喜歡做異性裝扮，也說喜歡這樣有個性的自己，但遭受的嘲弄也比一年級更加嚴重。尊重睿俊且為他著想的人當中，也有不少人批評他幹麼特別公開、把事情鬧大。我們都知道，這些批評其實是要他別那麼特立獨行。他們嘴巴上說是為了睿俊好，其實只是在推遲睿俊自己選擇公開個人認同的時間點。等到畢業後、等上大學、等退伍後、等在職場上有了一定成就後……要他未來再公開，就等同於叫他永遠不要公開。成天聽著這些話的睿俊，看起來精疲力盡——怎麼可能不感到疲憊呢？

這些人恣意發表自己的意見，成天把贊成、反對、時機尚早掛在嘴邊，任意決定睿俊的未來。可是睿俊一點也不在乎他們說什麼，反而比以前更常笑，但只有我跟海拉察覺到他的異狀，他的笑容很誇張，是刻意做給別人看的笑容。

後來，同學們貼標籤貼得更誇張了。

只要跟睿俊在一起，便會被他們歸類為變態殭屍，甚至還有人罵我們是殭屍身上的蛆。這股憎恨的情緒很快就傳播開來。因為他們說得實在太過分，海拉決定去警告鐘赫，沒想到鐘赫卻對海拉說了更過分的話。

「喂，你們最好給我搞清楚狀況，根本是你們這些人把世界搞得亂七八糟。」鐘赫說。

我本來一直相信，總有一天會到達「○」的起點。也相信到達起點後，往後的人生便只有加法，但就是有些人不容許我們擁有起點。我們需要找到一個地方，能容納我們，不驅趕我們。

進入四月，外頭依舊冷風吹拂，睿俊沒有來上學。但幾天過去，陽光越來越暖和，花朵盛開，我們也開始不再穿著外套出門。或許會有人因為天氣暖和而認為日常很美好，我卻害怕這個黯淡的季節會持續下去，甚至覺得這個季節有些殘忍。

睿俊已經一個星期沒來上學了，以前他偶爾會回簡訊，現在卻完全沒有回音。以前我們總在海拉家碰面，所以完全不知道睿俊住在哪。

「好像發生什麼事了。」

老師只說他會試著聯絡看看，不肯把睿俊家的地址告訴我們。老師那句簡短的回答，實在讓人很難相信。

我們跟過去交情比較好的補習班老師解釋事情的原委，要到了睿俊家的地址。

「就連這種事都要由補習班來幫忙處理呢。」

海拉這句話讓我忍不住笑了出來。早知道會這樣，就不該只存朋友的電話，要連地址、兄弟姐妹、親戚關係還有周遭親友的聯絡方式，全都一起存下來才對。誰會知道想確認朋友的安全與健康狀況，居然需要繞這麼多圈。

星期六下午，睿俊家一片寂靜。那是一棟有著小小庭園的獨棟住宅，圍牆內的風景十分靜謐。我們按了好多次電鈴，始終沒人應門。

「他們都出去了嗎？」

「怎麼辦？要去讀書室待一下，晚上再過來嗎？」

「週末特地來探望沒上學的同學，還得兼顧考試，我們也真累。」

海拉跟我到附近的讀書室去讀書，卻一直無法專心。海拉一直用她的大拇指和食指抓頭髮，那是她在緊張時才會出現的動作。她細細的髮絲被分成兩、三段，上下岔了開來。而我則有緊張時會咬緊牙關的習慣，這也使得我最近顳顎關節痛得受不了，甚至還引發偏頭痛。我們都有幾個能在不發出聲音的情況下抒發壓力的方法，而隨之而來的副作用當然也有好幾種。

晚上九點左右，我們再度前往睿俊家。屋內沒有點燈，似乎沒有人在裡面。

海拉故作鎮定地問我：「我們明天再來吧？」

但這樣離開又讓我有些擔心。

「如果現在睿俊就在關著燈的房間裡怎麼辦？如果他在等著誰去敲他的窗戶怎麼辦？」

「睿俊是被困在塔裡的公主嗎？」海拉一邊反駁我這個童話故事般的比喻，卻一邊彎腰尋找能拿來丟窗戶的小石子。

「比起石頭，用有彈性的東西又沒那麼硬的東西比較好吧？」

「乾麵包之類的東西撞擊感會不會比較剛好？而且乾麵包丟掉也不覺得可惜。」

只要海拉提出意見，我也會跟著說出我的想法。我不太擅長從無到有的發想，所以需要有個像海拉這樣會思考的人在身邊引導。雖然我們偶爾會爭吵、鬥嘴，但必要時總會很快達成協議。我們去超市買了乾麵包，爬上通往睿俊家的上坡。

這時，一直沉默不語的海拉開口：「如果我也一聲不響就不來學校，妳會怎麼做？」

「妳家院子不是很大嗎？我會當成是在比鉛球，拚命往妳房間的窗戶丟乾麵包。」我頓了一下，又說：「如果真的發生什麼事，讓我們無法見面怎麼辦？要不要先約定一個碰面的場所？首爾車站的鐘塔怎麼樣？」

海拉噗哧一聲笑了出來。「我們是戰爭難民嗎？還是當個二十一世紀的人類，寄信通知對方吧。別去首爾車站等，改去網咖寄信。」

要是連電子郵件都沒辦法寄，那我們該怎麼辦？

睿俊家依然一片漆黑，我們對每個窗戶都丟了乾麵包，等著有人出來回應，卻遲遲沒能等到預期的反應。這時一個大叔經過，身上穿著亮黃色背心，肩膀處有條亮橘色反光帶。我想他應該是社區自主組建的防盜巡邏隊。

「這家人前幾天搬走了，現在裡面沒人。」

聽到他這麼說，我們才終於放棄，轉身走向車站，手中還抓著買來「拯救睿俊」的乾麵包。我們無神地把麵包塞進嘴裡咀嚼著，沒有水分的麵包乾得讓我們忍不住咳了幾聲。此刻我們的心比這麵包更易碎。

我是不是該趁這個機會跟海拉要她的個人資訊，還有親戚的聯絡方式？我走在海拉身旁，一邊思考是不是該開口，又怕一把這個假設說出口就會招來不幸。但要是不說，未來說不定會更後悔。我越想越無法下定決心。

最後，我還是沒有要海拉自報身家背景。畢竟我知道海拉家在哪，也知道她父母開的烤腸店在哪裡。

沒想到睿俊居然突然搬家了……我更愧對他了。我好像從來不曾成為睿俊需要的朋友，他就這樣離開了。我應該跟海拉學習，讓睿俊看見我體貼的一面。想到這，我忍不住哭了出來。這遲來的後悔讓我覺得好丟臉。我覺得自己哭不是因為擔心睿俊，而是自己太蠢，這更讓我羞愧。

我們三個曾經說好等上大學後要一起化妝、穿上裙子出去逛街，這個約定始終沒實現。如果當時就做了會怎麼樣呢？肯定會被老師叫去罵，或是被路人投以奇怪的目光吧。我光是想像路人的眼神就覺得疲憊，睿俊又該有多難受呢？

現在的我，絕對有自信不再跟睿俊做無謂的爭辯，能無條件擁抱他。我覺得自己以前那樣對他，實在沒資格以他的朋友自居。過去一直盡力愛護睿俊的海拉開始安慰我，只有像她這樣不需要自責的人，才有辦法對犯錯的人這麼寬容。

睿俊為何要離開？他搬去哪了？為什麼這麼突然？我開始思考他離開的原因。我一一回想身邊的人。在睿俊開始拒絕上學前，最後跟他見面的人是誰？是不是有人恐嚇睿俊，叫他不要太凸顯自己，誇張到睿俊無法忽視的程度？或是發生了什麼讓他連假笑都裝不出來的事？好想知道是什麼讓我們失去睿俊。

我試著想像睿俊突然出現，若無其事地跟我們道歉，再平靜地告訴我們他遇到了什麼事，才會不告而別。我也試著對想像中的他生氣，不，如果能再見到他，我絕對不要生氣，要用笑臉迎接他。我不會追問他任何答案，我要接受睿俊說不出口的那些苦衷。我要告訴他，無論他是什麼樣子，都是我的朋友。

我每天都在練習與睿俊的重逢，直到我們真正重逢的那一天，我還要重覆練習好多次。只是我沒想到，睿俊消失只是一連串事件的開端。在毫無預警、毫無準備的情況下，我接二連三地失去朋友。

我的朋友一一消失，而且消失的都是女孩子，這些消失事件讓我感到很不真實。昨天還互道明天見的朋友，今天早上竟然就轉學了。每當聽到有人突然離開的消息，我都會大受打擊，即便我跟那些人交情沒有非常好，還是感到震驚。

更奇怪的是，過了幾天後，那些離開的人在我的記憶中會越來越模糊。上課時、吃飯時、跟海拉開玩笑時，我都會因為這些逐漸模糊的記憶而突然陷入憂鬱。我唯一清楚記得的，只有「我好像忘記了什麼」。

每一班都持續出現主動申請退學的人，還有一聲不響就突然沒來上學的人。學校說仍在瞭解狀況，卻沒有認真去找那些離開的學生。即便警察和記者頻繁進出學校與社區，我們生活的空間依然一片寂靜。

我打開放在講臺上的點名簿，發現睿俊跟其他離開的人都消失了，連紀錄都沒有。好像他們從一開始就不存在，連姓名都沒有留下。

他們究竟去了哪？大家都平安嗎？沒有人在找他們。他們成群離開後，我們身邊變得無比安靜。我認為這不是單純的自請退學，更像是失蹤，更像是被流放。

難道要發現屍體，警察才會開始調查嗎？要等到大聲疾呼現況有問題的人都變成屍體，才會有人重視嗎？恐怖電影中的駭人場景閃過我的腦海。我告訴自己要冷靜，必須冷靜下來，因為在與睿俊重逢之前，我有該做的事。

海拉跟我每個週末都會去睿俊家所在的社區走走。我們去了他家附近的幾間店跟房屋仲介，想打聽看看有沒有人知道他們一家人搬去哪，或有誰可能知道他們親戚的聯絡方式。每當我們一無所獲時，都會覺得與睿俊重逢的日子似乎越來越遠，但我還是會跟海拉相約下個週末再來。我想我們需要藉著實質的行動，避免自己的心變得麻木。

睿俊會不會死了呢？大家叫他「殭屍」這件事，一直讓我很在意。與死亡有關的場景照三餐浮現在我腦海中，讓我有些憂鬱。就算刻意不吃飯，死亡的陰影還是一天拜訪我三次，無時無刻牽絆著我，害我經常哭，海拉似乎也受到我的影響。我敢說，眼淚絕對是一種會傳染的東西，只是要在非常近的距離之下，才有可能將眼淚傳染給別人。我想，人心所能傳遞的距離，或許就跟眼淚一樣短也說不定。

「我們不該繼續這樣執著於無可奈何的事，對人類來說，忘卻其實是一種美德。」

「妳要忘了睿俊嗎？」

「我不是想放棄，只是現在的我們實在無能為力。我們只能等，相信他一定會跟我們聯絡。」

想在這種時刻發揮「忘卻」這種美德，究竟該怎麼做才好？

只希望能有一些跡象，讓我能確定睿俊平安無事。但沒有任何證據能讓我們心安，讓我們原諒那些默不作聲的冷漠，更沒有任何證據能讓我們徹底遺忘這一切。

新家對我也來說一點都不舒適。跟爸爸一起吃飯的回憶逐漸模糊，他也好久沒有在深夜打電話回來，要我別熬夜等門。

失去了珍視的人之後，我還剩下什麼呢？我在舒適的房間裡，望著自己空蕩蕩的手。

海拉

我的記憶逐漸改變，班上女生的數量壓倒性地少，我卻一點也不覺得奇怪，彷彿女生的數量打從一開始就這麼少。我不能習慣現狀。我知道只要我一放手，許多轉瞬即逝的剎那就不會再回頭。或許我該說，那些剎那正一個一個消失。

我跟海拉每天都會交換調查到的情況。國中朋友講的事、隔壁社區的狀況、網路上搜尋到的資訊，還有發生在周遭的狀況等，並試著從中找出是否有錯過的東西。

「國中時我有個叫智妍的朋友，現在讀附近的東英女高，她說她們學校也有一些女生的記憶變得很不一樣。」

智妍說，她們班的老師跟同學一起針對這件事討論了很久。

「原來不是只有男生變得很奇怪，我覺得那些改變的人應該會有一些共通點。要不要約智妍碰面聊一聊，看看有沒有共通的特徵。」

「可是……我沒辦法再問她了。」

我按下智妍的電話號碼，把電話拿給海拉，讓她聽語音。

「她換電話了嗎？」

「我昨晚有去她家，但沒見到她。」
「她搬家了嗎？跟睿俊一樣？」
「沒有，我按了電鈴，智妍媽媽有來應門，還跟我說了一些話。」
「她說什麼？」
「她說自己沒有女兒……」
「什麼？」
人們開始一一從眼前消失。我們還來不及得知他們消失的原因，便已經遺忘了他們。一想到我遲早也會被遺忘，就覺得好傷心。一想到爸爸跟海拉會忘記我，我就像已經被遺忘似地感到心酸。
幾天後，我再度前往智妍家拜訪。
「阿姨，我是智妍的朋友，真理。」
「妳好像搞錯了，這裡沒有人叫智妍，我們家沒有小孩。」
阿姨打量了我一下，並準備把門關上，我趕緊伸出腳把門卡住。玄關門的角撞到我的腳背，我忍著沒有叫出聲。
「妳沒事吧？妳為什麼……」
「阿姨，智妍說她最喜歡每天跟媽媽一起看中國的連續劇。平常還有去打工，說畢業後要跟妳一起去中國旅行啊。妳居然連自己的女兒都不記得了嗎？」

我不管三七二十一，把心裡的話一股腦地說出口。阿姨皺起眉頭，看來我的那番話似乎起了一些作用。在那個當下，我心裡一口氣湧現好幾種情緒，我的表情一定很複雜，我想此刻別人肯定會覺得我不太正常。

「阿姨，妳都忘了嗎？如果妳現在還有一點模糊的記憶，就快點寫下來吧，拜託妳了。」

我推著阿姨進到家中，發現智妍的房間竟然變成儲藏室。房間一片昏暗，沒有留下任何智妍的痕跡。我不顧禮節，逕自在智妍家中穿梭。我注意到客廳裡放著阿姨的獨照，照片裡的她獨自靠一邊站著。這時阿姨突然開始哭了起來。

「哎呀，我怎麼會這樣……」

「因為妳遺失了一些東西，妳現在都不覺得奇怪，這才是真的奇怪。」

我一拐一拐地走出智妍家。現在這個情況，就像在大熱天裡朝柏油路潑水一樣，智妍這個人以及人們與智妍共度的時光，都瞬間蒸發得無影無蹤。

＊

海拉跟我越來越少交談，但我們待在一起的時間卻變多了。我們會買一堆巧克力分著吃，我們必須品嘗到嘴裡滿滿的甜，才會有力氣感嘆生活的苦。這時候，應該要吃爸爸做的奶油可頌才對啊……

我茫然地看著校園內外的風景。學校的圍牆、校門口的紅綠燈、社區的風景，以及在新大樓之間屹立不搖的景色……望著那層層堆疊的界線。我們，是不是被困在一個名叫世界的巨大監獄裡？

「最近我甚至覺得好像連韓文都需要翻譯。真的聽不太懂大家在說什麼，再這樣下去我閱讀要拿零分了。」

聽完我的話，海拉笑了出來。

「真希望能有一個說話大聲的口譯員，用他的大嗓門說出我們的心聲。」

心情感覺稍微好了些。不是因為吃甜食，而是有一起度過困難的朋友。

我們打開英文單字本，卻一直聊天，沒有讀書。也許是因為開心的事變少了，最近我們也很少開一些無謂的玩笑，變得沒那麼常笑，但也沒那麼常指責彼此。

我問了海拉一個問題：「這個好好笑。貓的腳掌叫作『cat's paw』，妳知道在英文中是什麼意思嗎？」

「是什麼？」

「是傀儡、被愚弄的人、被利用的人。」

海拉氣炸了。「怎麼可能？貓掌那麼可愛！怎麼會是這麼糟糕的意思？」

「這是從伊索寓言裡出來的典故，是在指利用貓掌占別人便宜的猴子。」

「那這個諺語應該要是『猴子的舌頭』才對啊！為什麼要用貓掌來比喻？真是的！」

我贊同海拉的說法，也跟著氣了起來。

「這是不是在警告我們，遇到壞事前要先提高警覺。不是都有一些老祖先的教誨嗎？像是俗諺啊、迷信之類的東西。」

「應該要提前警告壞蛋別做壞事才對吧！」

「妳說得對耶！」

接著，我們一同爆笑出聲。

「妳最近有跟妳爸聊天嗎？」

「沒有，我們很久沒碰到面了，我覺得公司好像把我爸當成祭品，拿去換公司的業績。」

海拉的表情看起來像是想以幽默回應我，但最後還是選擇了沉默。

這次換我問她：「妳最近呢？會跟家人說話嗎？」

海拉說她爸媽開店都開到半夜，所以就算沒碰到面也沒什麼大問題。

「我們都長大了，也知道父母不能幫我們解決一切。」海拉平靜地說。

「自營業者真的好辛苦。」

我坐在補習班的接駁車裡，看著窗外的風景。學校附近的炸雞店變多了，現在放眼望去都是連鎖炸雞店。小巷子裡安分守己、想討口飯吃的市井小民，總是得和巨大的潮流對抗。過去我和爸爸一起在麵包店裡，努力扛起日常生活的重擔……想起那曾經純樸的過往，就感覺自己瞬間老了好幾十歲。

「睿俊會重生嗎？」我靜靜地問。

「當然會。」海拉雖然回答得很快，語氣卻不怎麼樂觀。

我們努力找話題，想盡辦法找出不悲觀的話語來跟彼此對談。

＊

每個星期六，我們都會到睿俊家附近徘徊。有一天，我們聽見有人在身後呼喚我們。

「你們之前有來找過那一戶搬走的人家吧？」

穿亮黃色背心的大叔跟我們搭話，我們對睿俊家窗戶丟乾麵包那天也遇過他。

「妳們跟搬走的人聯絡上了嗎？聽說他們家的獨生子不久前生病了，才急忙搬走。」

我跟海拉看著大叔，大叔對我們露出和藹的微笑。

海拉開口問：「什麼獨生子生病了？什麼時候的事？」

叔叔用稀鬆平常的語氣說道：「他們家兒子變成那樣，好像是從去年底開始吧？」

我跟海拉互看著彼此，用下巴比了比停車場那個方向。走吧，他不是在說睿俊。

就在我們打算轉身離開時，叔叔自言自語般地小聲說：「一個大男生突然開始穿女裝到處跑，搞得他們一家人很丟臉，那對夫妻才會帶兒子去治病。」

是睿俊。

「不過我記得他去年就自殺了啊，怎麼突然又復活了？」

我們停下腳步，明明是炎熱的六月天，卻突然渾身發冷。

「叔叔，你說什麼？自殺？」

「什麼復活？你知道他們家的兒子現在在哪裡嗎？」

「叔叔，你是誰？」

「我們正在一一整理每個狀況。發生了一些意外的錯誤，所以花了一點時間。」

大叔像是故意想秀給我們看，刻意把他身上印有「社區巡守隊」字樣的背心拉整齊。

「這世界就是有一些人格格不入，會讓別人坐立難安。」

大叔直挺挺地站在那，看在我眼裡就像個手上拿著刀的殺人魔，令人不寒而慄。那把看不見的刀上頭，彷彿還流著睿俊的血。

「叔叔！你說什麼錯誤？整理什麼？」雖然時間有點晚了，附近的住戶可能都在休息，海拉還是忍不住高聲質問。

大叔往更靠近路燈的方向走了一步，平靜地說：「錯誤就是說你們啊，原本不存在於這個世界的人。」

「你在說什麼啊？神經病喔！」海拉開始對大叔發飆。

我趕忙阻止她。「海拉，別理他，他好奇怪。」

大叔掏出無線電在我們眼前晃了晃，一邊朝我們的反方向走去、一邊說：「這個世界啊，有好多原本不存在的人在活動呢。」

什麼？意思是說有很多人該死嗎？包括睿俊，包括我們？這話真是太殘忍了。

大叔拿起無線電，對著另一頭的人進行報告。

「永遠三洞巡守隊，發現兩個錯誤。」

「什麼？」

我趕緊牽起海拉的手，拉著她往公車站跑。

「他瘋了！快跑！」

我們開始跑了起來。

「海拉，你不要理會他說的話。」我看見不遠處有一間派出所，我對海拉大喊：「跑到派出所那裡！快跑！」

幫幫我們！有個大叔好奇怪！我們拚命向前跑，害怕得渾身僵硬，感覺身後的大叔隨時都可能拉住我們的頭髮。派出所的光芒離我們越來越近，這讓我稍感安心。我調整了一下呼吸，忍不住回頭看了一眼，才發現海拉蹲坐在身後不遠處，腳好像扭到了，只能一拐一拐地往前走。

「我沒事，妳快點去找警察。」海拉用手勢跟我示意。

我趕緊走進在這整個漆黑社區裡，唯一亮著燈的小小空間。

「請幫幫我們！我們遇到怪人了！他一直跟著我們！」

在派出所裡悠閒聊天的兩名警察慢慢抬起頭來。

「快點！我朋友還在外面，她跑到一半受傷了！」

我打開派出所的門，指著海拉所在的方向。她受傷的腳不停發抖，讓她只能小步小步前進。

從明亮的室內看向昏暗的室外，什麼都看不清楚。我揉了揉眼睛，隱約看見黑暗之中，有兩個人正從身後靠近海拉。

「海拉！」

海拉依舊緩慢地往派出所走來。就在那一刻，她在我眼前變得越來越透明，接著便徹底消失了。

「海……海拉……？」

海拉消失了。

我看著剛才海拉站著的位置，原本追在她身後的那兩個人正筆直地朝我走來。兩人的肩上都閃著亮橘色，是社區的巡守隊員。

派出所裡的兩名警察這時才拿著手電筒走出來，朝著有動靜的方向照過去。

「海拉！」

燈光照到的地方，只有兩名社區巡守隊員。兩名男子朝警察微微鞠躬、打了個招呼，接著便往派出所的反方向離開。我到處都找不到海拉，她消失了。這是怎麼回事？人居然消失了？怎麼可能……

「海拉！我朋友消失了！」

我的腦袋一片空白，趕忙掏出手機打給海拉，卻怎麼也接不通。

警察異常沉默。我很難解釋自己遭遇的事，屬於哪一種類型的危險。警察很沉著，我卻無法保持冷靜。我該怎麼說明這股恐懼？

警察緩緩開口說道：「同學，妳不該這麼晚在外面亂晃啦。都這麼晚了，難怪妳連看到電線杆的影子都會覺得可怕。妳家在哪？」

可惡！他們兩個人顯然是希望今晚不要招惹任何麻煩，才想息事寧人。我要怎麼做，才有辦法讓他們感受到相同的恐懼？他們毫不在乎的眼神讓我渾身發冷。我在電影裡都看過，那些總是晚一步到現場的無能警察、比連續殺人犯更令人憤怒的無能公務員。

我按捺自己失望的心，對兩名警察大聲說：「你們聽我說！有個瘋子說我們必須要消失，然後我朋友就在我眼前失蹤了！」

我把瞞著海拉偷偷背下來的電話和地址告訴警察，要他們去查。而就在其中一名警察打電話去海拉家時，我跟另外一個人在附近高喊海拉的名字找人。社區裡只能聽見我的聲音，除此之外一片寂靜。我跟海拉一起看過無數次的熟悉景色，今晚顯得無比陌生。怎麼能這麼安靜呢？

「你打過電話了嗎？」

打電話到海拉父母店裡的警察回答：「那對夫妻說他們沒有讀高中的女兒。」

「什麼？」

怎麼會……我快要不能呼吸了。

海拉在我眼前變透明、消失的那一刻，我只能像個傻子一樣呆看著一切發生。我應該衝出去緊抓住海拉才對！海拉摔倒時，我應該回頭幫她才對！我只顧著責怪自己，差點連站都站不穩。警察一邊溫柔地哄我，一邊伸手推著我的背。

「同學，妳是不是讀書讀得太累了？」

「妳家在哪？有能聯絡上的大人嗎？」

世界崩塌了。世界不正常。面對這些將一切歸咎於我的人們，我無比茫然。

社區巡守隊大叔說的話，在我腦海中盤旋——

「我們正在整理每個狀況。發生了一些意外的錯誤，所以會花一點時間。」

「叔叔！你說什麼錯誤？整理什麼？」

「錯誤就是說你們啊，原本不存在於這個世界的人。」

我癱坐在地上，握到生疼的拳頭無力地鬆了開來。好不容易才握在手裡的樂觀，如今碎成一地。

這個世界甚至不會注意到有人消失了。

被抹去的存在

我無時無刻都在打海拉的電話，但電話那頭始終是相同的語音訊息，提醒我這支號碼是空號。海拉父母的店貼出臨時歇業的公告，我也去海拉姐姐工作的咖啡廳問過，但只得到姐姐辭職了的消息。我到海拉家敲門，沒有人回應。原本放滿海拉個人物品的讀書室置物櫃，如今變得空空如也。

事件剛發生的頭幾天，警察還很平靜地聽我訴說。但當他們從讀書室附近的監視器畫面中，發現自始至終都只有我一個人，根本沒有海拉之後，狀況就完全不同了。他們再也不理會我，即使我去了派出所，他們也毫不掩飾自己的不耐煩。

「現在的小孩就是很會大驚小怪，動不動就報警，事情一不順心就上網誇大事實、說謊騙人。」

警察刻意放大說話的音量，就是為了要讓我聽見。

「好了，不要說了啦。」

「真是想不到啊，小孩居然會濫用公權力，還在那邊說什麼侵犯人權！」

如果他們無法理解民眾的不安與恐懼，那要如何維護治安、打擊犯罪？證據都在一一消失，我要怎麼證明真的有危險？

感覺在找到大家之前，我會先抑鬱而死。

我向學校通報海拉失蹤的事，班導敷衍地回說學生名簿上沒有姜海拉這個人，然後換上一副不屑的語氣訓斥我。

「喂，蔡真理，妳清醒點，好好準備期末考啦。」

居然要我清醒點？誰才該清醒點？生氣的事情實在太多了，甚至讓我難以有效分配自己的精力。

現在班上的女生剩不到十人了。聽說海拉失蹤後，只有班上的女生露出震驚的神情。只有知道自己很快也會有相同遭遇的人，才會露出那種表情。

空下來的座位瞬間就消失了，轉眼間，她殘留在生活縫隙之間的身影也被抹去。鐘赫和其他男生依然很吵。他們的表情好像什麼都不曾發生，看了讓人渾身發毛，那些能像平常一樣嘻笑打鬧的人都瘋了。

教室像個不通風的房間，混雜了各種氣味與各式各樣的敵意，令人窒息。經過熟成發酵的情緒從四面八方撲面而來，我的嗅覺卻始終沒有因此而變得遲鈍。

直到偶然在休息時間聽見男生的對話，那異樣感令我毛骨悚然。

「喂，聽說歌手A沒死耶。」

「你有看到嗎？演員B也沒死耶。」

這是什麼意思？

男生記憶中的歌手A和演員B，不是在今年初自殺了嗎？怎麼有人這麼惡劣，居然拿往生者來造謠？而且聽男生的說法，這兩人似乎死而復生了，真是可怕。

晚自習開始前就很激動的鐘赫，更肆無忌憚地高聲闡述自己的想法。

「他們不是今年初都自殺了嗎？又不是很久以前的事，當時大家都還很驚訝耶，我怎麼可能搞錯？我剛才去辦公室問過體育老師和公民老師了，他們都說那兩人已經死啦！」

「那現在出現的那兩個人是誰？」

「是鬼吧？」

我真想把鐘赫消音。

謠傳這兩個藝人死而復生。其實上網搜尋一下，就能找到他們已經自殺的消息，所以我只想把這件事當成不需認真看待的謠言。只是這個謠言，反而讓我想起睿俊。如果他們把睿俊也當成已經死掉的人、該死的人，那該怎麼辦？如果有這麼多人說他該死，就算他再努力忽視那些聲音，內心還是會受傷。不願示弱的睿俊、懶得管別人多說什麼的海拉、看見有人受委屈無法坐視不管的我，肯定都難以在這樣的世界撐下去。我們該怎麼辦？

「他們是復活了嗎？」

「搞不好一開始就沒死，只是作秀。可能是要發新作品之前，想弄個負面新聞當宣傳，結果卻失敗也說不定。」

似乎有一隻散播壞心情的蟲，正在我的衣服裡爬來爬去。這個地方沒有人懂得在適當的時機，需要一些漠不關心的態度。別人的悲傷在他們嘴裡，咯吱咯吱地被嚼碎。

「不要胡說八道啦。」

有人出聲制止，被指責的人卻沒有收斂，反而說得更大聲。

「哎呀，別怕，繼續講，我們這邊人比較多。」

鐘赫對著班上同學大喊：「不是我們喪失記憶，是他們多了一些奇怪的記憶。總是有那種喜歡跟別人唱反調的人嘛，真是孤僻的怪人，但不管怎樣他們都只是少數啦。」

像鐘赫跟勳宇那樣，眼神跟以前徹底不同的人越來越多。起初我以為只有一、兩個人而已，現在卻只剩下一、兩個人還維持正常。

這是一個二重世界。我們認定的真實世界和他們不同，只是這兩個世界重疊在一起。我們偶然共享了同一個時間與空間，但我們所夢想的未來、想前往的未來都截然不同。

*

我好幾天沒去上學，也沒有告訴爸爸。我去了跟海拉一起走過的路、去過的地方，還到網咖去寫信給海拉。但跟睿俊那時一樣，我的電子郵件被退回來，通訊軟體的聯絡人清單上也找不到海拉的名字。手機裡跟海拉一起拍的照片，也一一消失了。

我抱著姑且一試的心情去了趟首爾車站，並在車站四周能看見大時鐘的地方都站了一會兒。站在那的時候，我彷彿能聽見海拉當時挖苦我的聲音在耳邊響起。

「我們是戰爭難民嗎？還是當個二十一世紀的人類，寄信通知對方吧。別去首爾車站等，改去網咖寄信。」

我還清楚記得海拉的聲音，卻怎麼也找不到她。我該怎麼做才能挽回這一切？才能證明我跟海拉共度的時光真的存在過？

首爾車站人馬雜沓。廣場邊的牆上貼滿尋找失蹤孩子的傳單，還有不少海報。許多人為了自己重視的事，多年來在此孤軍奮戰。他們藉著這些海報訴說自己的委屈與故事，而忙碌的人群來來去去，從不曾停下腳步聆聽這些求助的聲音。

「你已經忘了對吧？不，你從一開始就不知道吧？」

傳單與海報多到令廣場擁擠不堪。找人幫忙連署請願的聲音、請求協助的聲音、不知該上哪求助，只能到廣場藉著高聲吶喊釋放無助的聲音混雜在一起，沒有誰的訴求能聽得清楚。我知道就算加入他們的行列，向人們訴說海拉、睿俊、智妍的故事，我的聲音也肯定很快會被淹沒。

我站在吵雜的首爾廣場上，卻無法跟著其他人一起，高聲喊出自己內心的迫切，只能默默站在那裡。我希望自己能像曾經看過的災難電影那樣，聲淚俱下地訴說自己的遭遇，可是我無法忍受漠不關心的人們轉身離去的背影。我想，看在別人眼裡，我或許也是其中一個冷漠的背影。

警察跟海拉的父母都沒有在找海拉，如果連我也沒有行動，那海拉就會真的成為不存在於這個世界的人。我是目擊者，我要證明她曾經存在過。如果連海拉的家人都忘了她、連家人都放棄了她，那我就要成為唯一的證人。

我得找到海拉。那是我不放棄這個世界的理由，更是我堅持下去的意義。好幾個女生接連消失了，這世界卻不當一回事，這樣的世界不屬於我。

*

「我們繳同樣的註冊費，卻只有他可以搭電梯，這是要特權吧？」

看著剛關上門的電梯，鐘赫不滿的抱怨。電梯門關上的瞬間，他的聲音肯定從門縫飄進了電梯。每次季秀推著輪椅進電梯，就會有很多人跟著他一起搭電梯上樓。學校規定那是只有他能用的電梯，但允許其他同學跟季秀一起搭乘。這是學校考量季秀的移動權、學校需要負擔的電費，以及學生的秩序後做出的決定。季秀偶爾會避開老師的耳目，來回往返一到四樓，讓同學能「跟他一起」搭電梯上樓。

而動宇跟其他幾個人，現在開始說季秀的電梯是一種逆向歧視。

「這明明是學校設施啊，應該大家都能用吧！有些人能用電梯，有些人卻被限制不能用，這是怎樣？」

「他去上特殊學校比較好吧，幹嘛跑來這裡？」

鐘赫很認真地說要去向教育部檢舉，還有幾個人贊同他的想法。雖然我不覺得學校的做法很好，但有必要因為這樣就去檢舉嗎？我發現季秀從這個學期開始，變得比以前都更不開心。

季秀的志願是當搞笑藝人。他說他想利用自己的身障創作一齣短劇，讓一般沒有身障的人也能一起跟著笑。有一次，老師處罰一群上課吵鬧不聽話的同學半蹲，沒想到季秀竟主動舉起手問老師說：

「老師……那我要怎麼辦？」

全班哄堂大笑。季秀露出一副很想受罰的表情，那時的他看起來像個真正的搞笑藝人。季秀是個還沒長大的淘氣鬼，總是想展現自己擁有的一切給別人看。他就像個孩子，捧著自己最珍貴的百寶盒走在街上，希望左鄰右舍都能來看看他的珍寶。

「聽說我在媽媽肚子裡時長得比較慢，媽媽一開始好像也沒發現她懷了我。」

「我最近有很多事瞞著我媽媽。」

過去季秀會跟我們分享每一件事，但這次開學後，他變得不一樣了。他被人貼標籤，說他要特權搭電梯、逆向歧視別人。可是搭電梯是他在樓層間移動的唯一手段，他只能默默承受這一切。

就跟睿俊一樣，季秀因為在開學第一天，坦承自己跟女生共享相同的記憶，成為男生的眼中釘。只因為這樣就看他不順眼、就要去檢舉，實在太說不過去了。保障他最低限度的權利，是一種特權嗎？後來漸漸沒有人覺得季秀的玩笑有趣了，這讓他很沮喪，我甚至聽說季秀已經放棄參加搞笑藝人的公開招募。

雖然我不曾覺得我生活的世界很好，但為什麼總有人想把世界搞得更糟呢？我邊上樓邊想，這一切讓我氣到快喘不過來。

日子一天比一天混亂。

我回到座位上，瞪著英文單字本，卻看不進任何一個單字。我拿出口袋裡小心翼翼摺好的世界盃紀念手帕來看，我為什麼要這麼珍惜這個東西呢？我為何感到如此焦躁？是因為期末考嗎？我感覺腦袋一片空白，眼窩深處無比疼痛。我輕輕拍了前座同學的背。

「借我鏡子。」

「嗯？我沒有鏡子啊。」

對方轉過頭來時，臉上表情並不如我預期得友善。我那伸在半空中的手微微顫抖。

我用顫抖的手拿出油性麥克筆，在自己手心用力寫下姜海拉、黃睿俊兩個名字，然後扣緊自己的雙手。我雖然坐在教室裡，卻感覺渾身又濕又冷，整個人止不住地發抖。

「最近班上感覺很浮躁喔。」

放學時間，班導提醒我們只剩不到一年，就要正式開始準備學測了，要我們繃緊神經。

「如果靜不下心來，就到辦公室來找老師談談。」

在這個每件事都亂成一團的情況下，所有人似乎都妥協了。只有我一個人依然保持理性、依然堅持這個世界不合邏輯，這種感覺實在是令人難受。

我隨便傳了簡訊給幾個還記得電話號碼的人，然後又打電話給在網路社團貼過文章的人，跟還沒消失的人建立起聯絡網。聯絡過程中，他們一個個慢慢消失，沒有人知道原因，大家都束手無策。

幾天後，學校裡唯一的電梯被徹底關閉，不再通電，輪椅能通行的無障礙區消失了。

動宇也完全變了個人，我對他不再有任何留戀。

「妳覺得我沒發現嗎？」

「我更重視妳的想法啊，所以……」

我回想動宇說過的話，那卻像是上輩子的事。

這時，正在跟別人說話的動宇突然大聲起來。

「喂！男生哭屁喔？」

他曾說，男生的世界就像一座只有被捕食者的叢林，身處在其中的男生也無法放鬆警戒。如今那個他已經不存在了，現在的動宇是個完全不同的人，只是用跟動宇一樣的外表在生活。

動宇和鐘赫，以及近來表情跟態度都有一百八十度轉變的男生……我把他們的名字改成暗號抄在筆記本上。並在名字旁邊寫下住址、上學背的背包、上哪間補習班等資訊。學期初時還只有動宇跟鐘赫很奇怪，現在奇怪的人越來越多了。

我看了看自己的筆記。

有人住在被稱為「會長城」的高級社區、有人從小就去留學、有人在上要花上百萬、甚至上千萬韓元的美國SAT考試補習班……

我似乎找出他們的共通點了。這些男生的父母都屬於特權階級，而我爸爸現在也是特權階級了。這難道是我還沒消失的原因嗎？多虧了爸爸，我才能跟男生享有同等的待遇？太誇張了。

我蹺掉晚自習跑去爸爸的公司，呆站在富麗堂皇的總經理辦公室門口等他。會議一直持續到晚餐時間，一個看起來像祕書的人來接我，讓我有時間短暫見到爸爸。

「怎麼了？」爸爸一臉疲憊地按著太陽穴，連看都不看我一眼。

「爸，我想吃麵包。」

「什麼麵包？」

「鮮奶油可頌。」

爸爸嘆了口氣，打了內線電話交待祕書。

「我女兒說她想吃，你去幫她買，然後就可以下班了。」

爸爸說完，我立刻失望地轉身離開。祕書趕緊叫住我，但我拒絕了他的好意，直接離開了爸爸的公司。

我知道，爸爸也跟勳宇一樣變成別人了。但一想到連爸爸都變成那樣，只剩下我一個人，就讓我好難受。

消失的女生不只一半，我身邊大多數的女生都消失了，只剩我還固執地堅守在這扭曲的世界。我不想再有任何改變，我下定決心，絕對不要再讓改變有任何機會趁虛而入。

留下來的人似乎更放肆，行為比以前更加粗魯。他們總是隨意喊別人魯蛇、變態、死人、殭屍、蟲子，而被欺負的人則一點反應也沒有。

「這裡怎麼有這麼多蟲啊？」

他們似乎相信，踐踏別人就是他們的勝利。這些人把勝利視為一切，從他們的邏輯來看，攻擊別人可以讓他們成為贏家，被攻擊或忽視他人的攻擊則是輸家。

在這個無論勝敗都毫無意義的世界，我們成了彼此的敵人。

消失的身體

我花了兩晚在外面遊蕩，終於在家附近遇到社區巡守隊的大叔。

「大叔！」

「哎呀，妳怎麼還在這？」

一看到我，大叔不解地歪了歪頭，我朝他跑過去，一把抓住他的手臂。

「睿俊、海拉還有其他人都怎麼了？趕快把你知道的告訴我！」

奇怪的是，我雖然碰到他，卻沒有像海拉一樣變透明、消失。

「大叔，你現在跟我一起去警察局，把那天晚上你有看到我跟海拉在一起的事告訴警察，拜託你了！」

大叔面露遺憾地說：「我就說了啊，那種人一開始就不該在這個世界，妳這樣會害妳跟我變成怪人喔。」

「大叔，你到底是誰？你到底知道什麼？是你讓大家消失的嗎？」

他露出帶著羞赧的謙遜笑容。「我們的工作就像搬家公司或旅行社的導遊，主要工作是指引人們踏上注定的旅程。但我們不必幫大家開路，所以這工作還算輕鬆。」

「這到底什麼意思?大家到底為什麼會消失?」

大叔莞爾一笑，眼神卻閃著詭異的光芒。

「那妳得去問問妳爸。」

「什麼?我爸……?」

「這裡是蔡必臨社長揉捏、烘烤出來的世界啊。」

我鬆開原本用力抓著大叔的手。有人的生活逐漸崩潰，爸爸反而開始了他人生的新篇章。確實，爸爸的人生似乎過得越來越好，也是因為他，我現在才能過得比以前富裕。但我實在沒有想過，創造出這個扭曲世界的人竟是爸爸!

我回想起爸爸的聲音，回想起他曾經說要登上世界巔峰，還有他一臉疲憊地下令要祕書去買鮮奶油可頌。

*

那天清晨，我到書房去找爸爸。

「爸，我的朋友都消失了。」

「嗯，我聽說了。」爸爸平靜地說，平靜得很詭異。

「爸，大家都消失了，但沒有人注意到他們消失。新聞都不報，警察也不找，學校老師還說本來就沒有這些學生。」

爸爸靜靜點頭。

「爸，我也很快會消失嗎？」

爸爸這才抬起頭來。

「真理，妳不會消失，妳可以相信爸爸，現在爸爸有這種力量了。」

爸爸帶著疲憊的神情向我承諾。他口中那句「現在自己擁有這種力量」，讓我更害怕。那股會守護我的力量，如果會殺死所有我以外的人，那我怎麼能放心感謝他？那不就等於大家都是因我而死嗎？

「爸爸，你曾經立了一句家訓，是要大家『吃飽飽，過好好』，你忘了嗎？這樣要我怎麼好好過生活？」

爸爸說：「我的工作就是研究。我只是依照指示把東西做出來，販售則是別人的工作。」

「這是什麼意思？你知道什麼對不對？……算了，我只想知道有沒有辦法讓我的朋友回來？你做得到嗎？」

爸爸緩慢地搖頭。「我想打造一個世界，讓妳跟以英都能活下來。」

「這是什麼意思？我只想過平凡的生活！只想跟我的朋友在一起！」我大叫出聲。

「真理，活著的人就該好好活下去。」爸爸冷靜地說。

這句話令人毛骨悚然，一點也不像倖存者的卑微願望，而是一句邪惡的辯解。

爸爸似乎不想放棄他在第二人生得到的一切。他沒有因此獲得諾貝爾獎，反而讓世界亂成一團。他把這塊麵團，烤成沒有人能生存的世界，他成了一個無能的麵包師。

我並不認為只要從現在開始努力，就能解決這個複雜的狀況。我現在需要的是懂得適時放手，或許根本就該忽視這一切。但為了活下去，又不能徹底絕望，我想我需要的是一種接近無念無想的狀態。在這個世界上，能被我歸類為「我們」的人都消失了。我感到無比孤獨，覺得自己的存在很突兀。

我整夜沒睡，一直瞪著電腦螢幕，一到清晨便立刻離開家。這讓我意外發現，很多人都早早開始他們的一天。大家都只需要一個晚上的休息，就能甩開前一天累積的疲勞嗎？我還無法揮別昨晚的暈眩感啊。我一邊自言自語，一邊走到學校。

穿越清晨汙濁的空氣，抵達學校正門的那一刻，我竟看到眼前的校名正逐漸改變。

崇林「男子」高級中學。

我真的看見了，校名變成男校的那一刻。

我呆站在門口，聽見學生們的竊竊私語。

鐘赫跟其他男生從我身旁走進學校，邊走還邊說：

「這女生也太大膽了吧？居然敢自己跑來男校？」

「這麼想跟男生混在一起，那就去當兵啊。」

那群男生放聲大笑，當刺耳的笑聲逐漸遠去，消失在灰色建築物內後，四周突然變得無比寂靜。這寧靜的沉默無比銳利，狠狠刺傷了我，一點也不在乎我會不會痛。

我無法發訊息給任何人，只能慢慢轉身背對學校。這裡沒有人記得我，沒有人會記得我。我徹底成了一個人。現在我該去哪？

我走了一整天，沒有停下，傍晚時晃到了一座沒什麼人的公園。我沒有去注意周遭的狀況，也無法意識到身邊有誰經過、誰靠近我。不知道我現在的情況，是不是能說是「失神」。

突然，我感覺到一股視線。一雙銳利的眼睛正盯著我無神的雙眼，打量著垂頭喪氣的我與散亂的衣著。我沒有任何遮掩，把自己最脆弱的模樣暴露在人們眼前，而這似乎使我成了別人的目標。一股背脊發涼的感覺爬滿我的全身。

「喂，她也是殭屍。」

我突然回過神來，強迫自己挺直腰桿、讓雙眼看起來更有神，這才注意到有四個人緩慢地朝我走來。我不知道他們的名字，但的確是偶爾會在學校遇見的人。

「幹嘛？你們認識我嗎？」我沒好氣地說。

「妳在這幹嘛？有什麼難過的事就跟哥哥們說啊。」

「聽說妳們根本不該出現在這個世界上，這段時間妳應該過得很辛苦吧？一直到處刷存在感……」

「回去妳原本的地方吧，別把這個世界搞得那麼複雜。」

這不是當初鐘赫口中的那些話嗎？這種想法難道跟傳染病一樣擴散開來了嗎？我刻意不理會他們，他們仍自顧自地繼續說。

「喂，你不要逼她啦，反正她很快就要消失了吧。」

他們不斷打量著我。

「哎呀，她的身體已經被拋棄了耶。」

他們以我為題，突然吵了起來。說什麼女生即使拒絕，心裡依然會有一點期待；即使說不要，其實還是很享受，還有什麼女生說的不其實就是要。

我覺得好可怕、好羞恥。可是我才是被欺負的人，為什麼要感到羞愧？我感覺口乾舌燥，咬緊了牙，拚命四處張望，希望找到能幫助我的人，附近卻一個人也沒有。

看見我孤立無援又手足無措，他們不再遲疑，從四面八方包圍住我，眼中帶著瘋狂，打開手機撥打緊急電話，卻立刻有八隻手伸了過來，把我的手機搶走。

「妳在那裝可憐，是想把我們吸引過來吧？」

「妳也會開心的，別擔心。」

「不要！」我大喊出聲。

我越是抵抗，他們就越暴力、越粗魯。

「啊啊啊啊——」

我叫出聲來，這是我唯一能做的事。我從來不曾叫得這麼大聲，但我的聲音一點用也沒有。
「喂！你們這些傢伙！到底在做什麼？」
一個背著孩子的老奶奶出聲制止他們。見到有路人出現，他們幾個立刻拉起帽子跑走了，留下魂飛魄散的我。

*

病房的電視正在播新聞，主播的聲音一如既往的嚴謹。報導說全國各地均發生了暴力事件，情況幾近失控。而且目標都鎖定為女學生。新聞雖以「意外」定調，將這些事件與被排擠、離家出走、升學壓力、暴力遊戲等原因連結在一起，這些事件卻都造成了傷亡。我知道他們根本搞錯了方向。
新聞對死去的女生的描述都顯得很多餘，提到死者平時交友關係不好、個性難相處、最近離家出走等，好像是這些原因才造成她的死。她都已經死了，卻還是得挨罵，這讓我驚訝不已。
「嘖嘖，現在的小孩太可怕了。」
這些人不懂青少年犯罪、不懂得應該對青少年循循善誘，更不會對青少年說任何溫暖的話。他們那空洞的發言有如冰冷的空氣，重重壓在我的肩上。
全國各地都有很多孩子消失，有無數不知名的人，只能以數字的形式留在這個世界上，有些人甚至沒有被納入統計範圍。

我找到我的手機，發現收到幾封簡訊。

—新聞裡說的那個死掉的人，她的屍體好像不見了。

—新聞很快也會消失。

—大家會忘記這些事。

—我們的記憶也很快會被竄改，我頭好暈，快搞不清楚什麼才是真的了。

新聞緊接著報導教育部實施特別保護措施，受害學生會被隔離到指定的寄宿學校接受保護觀察。乍聽是個很好的政策，但在我聽來，這像是他們不打算處理加害者，反而要把受害者都抓去隔離，讓所有人一起消失。

沒過多久，便輪到氣象播報員以充滿活力的嗓音，報導涼爽秋天即將到來的消息。人們事不關己的聽完那些新聞，很快便將注意力轉移到輕鬆愉快的話題上。一直都是這樣，每當報導任何誇張的事件，大多數人都只會搖頭嘆氣，感嘆「世界末日就要來了」，但絲毫不會有任何嘗試改變的作為。只剩下當事人，依然困在那小篇幅的新聞報導裡。

沉重的空氣壓在我的臉上、肩上，讓我幾乎爬不起身，好不容易才坐了起來。

「真理，妳沒事吧？」

我彷彿能看見明明自己狀況也不好，還是不忘關心我的海拉。

「真理，妳不會有事的，會好起來的。」

我彷彿看見不擅長安慰、卻努力理解我的睿俊。

如果他們現在就在我身邊，我肯定會雙手抱胸嘲笑他們大驚小怪。但現在他們都不在，我哪可能會好呢？

我能夠守住我們嗎？我們能夠重逢，重新成為「我們」嗎？我就像一幅沒有任何特色的靜物畫，動也不動地待在床上。

「同學，妳要不要吃一點？妳媽媽什麼時候會來看妳？」

住在隔壁病床的病人跟家屬親切地跟我搭話，但我刻意迴避他們的視線。我沒有媽媽，拜託不要用你自以為理所當然的認知跟我說話。這個世界上，沒有任何一件事是理所當然。我逃避人們的視線，像個瘋子一樣自言自語。漸漸地，我變得越來越透明。

睿俊、海拉，對不起。

我的記憶越來越模糊，就連我四處尋找他們的回憶都漸漸消失，這也是最令我難以忍受的。

看來真的不行了。

絕望慢慢地籠罩我，我卻冷靜到連自己都驚訝。我一點也不焦慮，只覺得一切終於到此為止了。我無計可施，再也沒有任何渴望。我一點也不堅強，我其實很脆弱，我什麼也不是，即使我消失，這個世界也沒有人在乎。即使只有我活下來，最後仍會忘記你們。就算我真的活下來，也只能保持沉默。我不能原諒這個世界。我再也撐不住了，它究竟什麼時候才願意放手讓我離開？我會閉上嘴，靜靜地……

「還是要試試看啊！」一句話突然閃過我的腦海，每當我喪失鬥志時，內心深處總會有個聲音對我喊出這句話。每當我想起這一連串事件，都會覺得自己當時該做點什麼。但我知道，會這麼想就表示我根本沒有任何行動。我激動的情緒逐漸平息，過熱的腦袋也冷卻了下來。

是因為我太弱小、不夠機警、不夠聰明，才會失去海拉，都是我的錯。

面對內心這些不斷責怪自己的聲音，我究竟能撐到什麼時候？我開始思索，有沒有什麼話能讓我鼓勵自己、以免崩潰，我卻什麼也想不到。

我整理好病床上的棉被，希望能把那看似永遠無法整理好的心情，跟棉被一起摺起來。我拖著沉重的腳步離開病房，到醫院的頂樓吹風時，注意到其他人的對話。

「放輕鬆吧，這已經不是什麼大手術了，現在的世界已經比以前好很多了。」

世界比以前好很多這句話，為什麼聽在我耳裡如此空洞？聽到別人說比以前好很多時，我總會覺得這似乎代表人們永遠不會去追求所謂的「最好」。在大家開始消失前，這個世界就已經充滿矛盾，像一個解不開的謎題，會隨出題者的心情改變答案。即使科學技術日新月異，有些事依然停留在過去。

夜裡的天空看起來灰濛濛的。我抬頭看著汙濁的雲，想著月亮應該依然在厚厚的雲層後散發著光芒。即使我現在看不見月光，也不能認定月光不存在。雖然我感受不到，但我知道銀色的星光肯定存在於某處。在那隱形的星光陪伴之下，我開始思考，怎麼樣才會讓我覺得我的世界變得更好？但世界的改變令我害怕，能讓我安心停留的世界，並不存在。

我回到家後才接到爸爸的電話，他說他才剛到醫院要接我。如果爸爸依然認為只要我活下來就好，那我寧可不要再見他。

掠奪

我徹頭徹尾成了獨自一人，不需要去學校，也無處可去。

我把海拉的名字寫在手掌心，但我流了好多汗，那名字彷彿要被我的汗給弄糊了。

我不能讓海拉這麼輕易被抹去。

在這個世界裡，即便人們一個又一個地失蹤，卻沒有人當一回事，我不想生活在這種地方。我必須告訴大家，「在乎每一個人」是件重要的事，即使只有我一個人在努力也沒關係。而如果要這麼做，首先我不該忘記海拉。

我眼前一黑，覺得有些暈眩。我心裡那股對世界的怨氣，瞬間都轉向我自己。

「要怎麼樣才能找到大家？」

我拚命尋找答案。

「總要試試看，盡自己所能。」

如果海拉在我身邊，她肯定會這麼說。

盡自己所能，究竟要做到什麼程度，才能覺得自己盡力了？我只是想跟海拉重逢，想跟她分吃麵包、一起畢業升學、繼續當朋友，跟彼此分享想說的話，然後在彼此說的話裡成長而已。我的願望就這麼平凡，居然要改變整個世界才有辦法達成，這個課題實在太沉重了。

在這個只有我能享有安全、只有我能活下去的世界，我實在無法過得心安理得。海拉、睿俊、智妍以及其他所有人都無聲無息地消失，卻沒有任何人重視，我實在無法讓這些事無聲無息地過去。

出院後，我整天把自己關在家，沒有人傳簡訊給我，網路社團也沒有新的文章，大家都消失不見了。

我對這件事沒有什麼感覺。雖然很想跟誰哭喊救救他們，但又難以示弱。我相信大家會說：「既然他們都消失了，就表示他們一開始根本不存在。不過至少妳活下來了啊，這是好事。」

人們喜歡攻擊那些沒有力量保護自己，只能任憑宰割的人。人們會冷酷且毫不掩飾的瞧不起這些人。對我來說，這世上最冷酷的就是會嫌棄弱小的人。我討厭這些人，他們總是不會意識到自己的冷酷，而且想法過度偏頗。

爸爸每天早出晚歸。過去那個成天只會思念媽媽，眼裡只有痴情的他已經消失無蹤。他每天回到家後仍不停在書房跟人通電話。他對電話那頭的人所說的話，也只有無盡的冷酷。永遠都是要對方好好處理事情、同樣的話別讓他重覆說第二次、別浪費他的時間、這樣才對得起他給的薪水、他要控制對方可簡單得很……之類的，完全不給對方說話的餘地，只是自顧自地說個不停。我不知道他為什麼要訓斥對方，對象又是誰，但他總是不等對方回應，彷彿光聽對方說話都會讓他感到痛苦。他的聲音讓我害怕，我從那聲音中聽出他會貶低他人，會把對方逼到最不利的位置上。

爸爸越變越可怕。他究竟在做什麼？究竟擁有怎樣的地位，讓別人得無條件服從他？

我打開電腦，輸入「奧桑提易立顯」搜尋，很快找到他公司的網頁。

以創新技術開發新藥，實現安全健康的未來。

——代表理事　蔡必臨

我試著搜尋新聞報導。

不人道的動物實驗爭議，是為了人類的「犧牲」？

收購因醫療犯罪而欠債的日本製藥公司，聲明該日本公司「與戰爭罪無關」

進行卵子買賣、未經同意取卵爭議、研究所違反倫理規範

都是些負面報導。

我看了一下爸爸公司的產品清單，有功能性健康產品、家庭常備藥、驗孕棒、家用清潔劑、口服荷爾蒙、結核藥、抗癌藥物、抗菌劑、動物用藥、醫療器材……不用數就知道

種類超過上百種。

我可以感覺到那些消失的朋友，彷彿都在我身邊，跟我一起盯著螢幕。大家都消失了，只有我還留在這世上。大家究竟為何一口氣消失，為何只有我逃過這怪異的風暴？

新學期第一天，爸爸突然成了製藥公司的總經理，之後朋友開始一一消失。爸爸的公司做出了新藥，這些藥會有副作用嗎？為什麼只有我不適用這個世界的規則？是因為爸爸已經知道副作用，才沒有讓我吃藥嗎？那到底是什麼藥呢？如果能用在十八歲以下的孩子身上，那之後出生的孩子也會一直被影響嗎？

巨大的海嘯席捲了我們，卻沒人注意到真正引發問題的關鍵。

我跑去找爸爸，但他不在房間、書房、客廳，甚至連屋頂都沒看見他的人影。

我一直睡不著，就這樣到了凌晨三點。我聽見砰的一聲，家中不知某處傳來巨大的撞擊聲響。我躡手躡腳地朝聲音的來源走去，最後來到平時不會涉足的地下室。走過放滿運動器材的健身房，來到更深處的一個房間。這個房間一直被我當成倉庫，過去房門總是緊閉，如今卻大大敞開，我看見爸爸站在房間正中央。

瞬間，地下室發出一陣怪聲，我看到一臺很眼熟的冰箱，那是曾經放在真理麵包店工作區的冰箱。

冰箱的門一開，裡面湧出來許多的——人！

爸爸一點也不慌張，而是冷靜地指引從冰箱裡出來的人往外走。

在人群中，我看見知名演員K也背著行李列隊前進。還看見一些穿著社區巡守隊背心的人。人們像要進入高級飯店的遊客，爸爸就像導遊，社區巡守隊的大叔則像是指引他們的引導員和行李搬運人員。人群中有一位看起來特別年老、衰弱的老先生，爸爸對他特別禮遇。

爸爸帶著這十幾個人走到停車場。從冰箱裡出來的人都不發一語地移動著，坐上沒有開燈的巴士，爸爸則開自己的汽車在前頭引導。我跑了出去，但哪追得上車子。坐在駕駛座上的爸爸跟我對上了眼，但他很快把我拋在車後。

隔天上午，新聞報導發現演員K的屍體，就是我昨晚在地下室看見的那名演員。因為他臉上有顆很特別的痣，所以第一個發現的人很快認出是他，並向電視臺通報這件事。網路新聞紛紛出籠，每一篇標題都掛著獨家、頭條、快報，吸引人們點閱。

到了下午，又有新聞快報指出，K的死亡是誤報。當事人在自己家裡召開一場大型記者會。

「真的很感謝這麼多人關心我的安危，我現在正在準備新的電影……」

K在記者會上現身，澄清死亡消息的畫面，瞬間讓晚間九點的正式新聞時段被演藝新聞攻占。

那昨晚我看到的是誰？他是從哪裡來的？

感覺好奇怪。明明有屍體，而且驗了屍，證明那就是K本人，警察卻說無從確認。然後又有一個人頂著K的臉、帶著K的基因出現，說他根本沒死，還活得好好的……

我突然想起一個假設。

我打電話給動宇提議見面，他帶著不耐煩又難掩好奇的神情來到約定的地點。

「妳說妳以前跟我交往過？抱歉，但我現在喜歡的型不一樣了，妳想用以前交往過這種理由纏著我是沒用的。不過……我為什麼會跟妳這麼俗氣的女生交往？我對女友的長相有一定要求耶。」

以前那個樂觀到誇張、絕不可能用貶損別人來開玩笑的動宇，如今已經不存在了。更讓我意外的是，我竟能平靜地面對這樣的他。如果是我非常重視的人跟我說這些，我或許會受傷，但眼前的動宇對我來說，已經是個不具備任何特殊意義的人。

「你……」

我本來想說：「跟我交往時，你一直說很想去別的地方、一直說討厭這裡，一直說要連三個姐姐的份一起活下去。」但我選擇把這些話吞下去，並清了清喉嚨，改口說其他更重要的事。

「你也『移動』了嗎？你有通過什麼門嗎？」

動宇露出深藏不露的笑容，「呵呵，這是什麼意思？」

因為有些人就像失憶一樣，徹底忘記了過去，例如動宇和鐘赫。所以我想，他們會不會就跟我昨晚看到的那些人一樣，其實是從其他地方來的？雖然只是推測，但我堅信自己的推測沒錯，所以決定問得更直接一點。

「你以前生活的地方，睿俊是個怎樣的人？那裡的我跟海拉又是怎樣的人？」

「我們那邊的變態都自殺了，沒想到這裡的變態居然都活著。就是因為這樣，我們才會說那些變態是『殭屍』，死而復生嘛。」

我吞了口口水。

「在那裡，妳跟其他人根本就不存在，我們讀的學校原本是間男校。現在學校變成男校，只是恢復原狀而已。像妳跟睿俊這種人，都只是回到原來的地方而已。原本的世界就是這樣，妳遲早會懂。」

勳宇暗示我有兩個世界，更暗示了從另個世界來到這裡的人，目的就是要掠奪這個世界的一切。萬一同一個世界裡存在兩個相同的人，這兩個人會為了成為唯一的存在，而相互殺害嗎？

「你也來這裡……殺了你自己嗎？」

我想起新聞上看到的演員K，為了證實自己的推測，便用言語挑釁勳宇。

「妳覺得這種行為很可惡嗎？法律沒有規定不能殺了自己啊。」

勳宇沒有否定我的假設，不，他根本是證實了我的假設。這個世界的勳宇，我的男友勳宇被他殺了，他活了下來。

「該怎麼說？這講起來就像一首詩，『我們經過熾烈的競爭存活下來，所以有資格享受』。我得到新的資格，就可以把眼前的世界當成我的新世界。」

勳宇的語調誇張得像個音樂劇演員。

「如果沒殺死他，那死的就會是我。我至少保護了自己，但妳連自己都保護不了，只知道在那叫個不停。妳覺得妳要是死了，還有誰能聽見妳？屍體難道會說話嗎？」

我愛的勳宇被殺了，而眼前的勳宇看我悵然若失的神情，竟露出洋洋得意的表情。

「妳現在搞懂了嗎？這世界是殘酷的，要通過考驗才能證明自己的實力。」

意識到自己正站在一個殺人犯眼前，我突然感到害怕，忍不住倒退了幾步。因為這些殺人犯殺害的人是自己，所以一定有辦法製造不在場證明，躲開法律制裁。就算有屍體、就算屍體上找到的指紋跟他們自己一模一樣，也只要聳聳肩，說自己什麼都不知道，就能全身而退。

我雙唇顫抖、臉色發白，好不容易才能開口：

「當然，法律沒有規定自己不能殺害自己，因為從沒發生過這種事。可是你知道什麼事比你殺害自己更可怕嗎？那就是以後即使你殺了別人，你也還是會用這套說詞為自己開脫，你會一直去找還沒有被法律定義的漏洞來鑽。無論你做什麼，都只會一直合理化自己的行為，找出對自己最有利的結果。未來你傷害自己、傷害別人的時候，都會繼續大言不慚地為自己辯解。」

厚顏無恥的殺人犯不屑地笑了兩聲。

像他這樣的人，以後肯定也會想盡辦法合理化自己的任何所作所為。他們認為規定、法律都不是絕對的生硬規定，而是有彈性、有包容性的參考標準。他們會欣然接受自己親手打造的駭人社會，變得完全無法同理他人的恐懼。他們的理論會深深毒害這個世界，並反過來指責那些害怕世界越變越糟的人，認為是別人反應過度。

我會感到害怕，不是因為動宇跟鐘赫是男生、是家住江南的有錢人，更不是他們都是體驗過兩個世界的人。而是因為他們能毫不猶豫地摧毀另一個擁有獨特回憶的自己。這也是為什麼那些跟我們有不同記憶的人，讓我恐懼。

他起身離開，而我覺得很屈辱，因為我無法向任何人檢舉眼前這個殺人犯。更重要的是，一想到動宇真的永遠消失了，就讓我不知所措。

我想跟動宇一起上大學、一起學新的語言、一起去海外旅遊。我想體驗更多有趣的事，想和那些相處愉快的人一直在一起。每當我感到開心時，我都希望有他們陪伴。在那一刻，我希望我們能依靠彼此。我本以為這只是個微不足道的夢想，如今卻遙不可及。

我當場放聲大哭。我太想念動宇了，我無法原諒留在這裡的動宇。

第二部

我們，再次重逢的世界

女兒的名字

一九九〇年

崔以英一直在想那通電話。某天，一個孩子的聲音突然出現在他們夫妻的生活中。自己為什麼會把陌生人的求救訊息，當成是一通打錯的電話？真不知道該怎麼解釋這種想法。那孩子在語音信箱裡的留言，聽起來像是不停在追問某些事。

她是在某一個星期五晚上，聽見了那孩子的語音留言。

那天以英睡不著，就順便等待還沒下班的必臨。她得要跟必臨解釋，為什麼自己會用掉寶貴的休假，還要告訴他，婆婆也打了電話來。

以英的父母都不是難相處的人，屬於他們那個世代的平凡的普通人。討生活是第一要務，其他都是次要且微不足道的。他們大多對事情有自己偏頗的見解，且絲毫不會隱藏那些偏見，甚至會正大光明的展露出來。以英的朋友們各有各的家庭問題，在那個時代，人們大多無法以寬大的心胸接受與眾不同。結婚後，以英更深刻感覺到地區的差異性。必臨的故鄉是座以體驗傳統文化為主要旅遊商品的小村子，跟她的故鄉很不一樣。

看見父母的世代如此辛苦，以英擔心自己能否擔得起這個責任。她心想，不是所有人都能為人父母。不，我們根本不能隨便讓任何人成為父母。

必臨頂著紅通通的臉頰哼著歌回家。他說今晚去聚餐，看來是喝醉了。必臨幾乎可以說是工作成癮，就如同馬拉松跑者會有跑者愉悅感一樣，他以研究員身分參與了一項機密計畫，最近似乎做出了令人刮目相看的成果，諾貝爾獎指日可待，也讓他更熱衷於工作。

以英對必臨招了招手，要他過來。

「老公，你坐，我有話要跟你說。」

必臨開心地答道：「我也有話要跟妳說。」

「那你先說吧。」

「我的工作最近很順利。雖然主管只是口頭跟我說，但我今天確定會升職了喔。而且順利的話，還可以依照產品的銷售成績給我分紅。我還以為只有電影演員才有機會抽成耶，呵呵。我想我很快也會有認購公司股票的機會，我現在一點都不羨慕那些中樂透的人了。老婆，妳快辭職吧，以後就當家庭主婦！」

必臨就像開年度發表會那樣，非常豪爽地要老婆不必再擔心錢的事。但以英始終面無表情，看不出一絲喜悅。

她忍不住皺起眉頭反問：「就這樣嗎？」

「什麼叫『就這樣』？」

「我說過了，我不想只當個家庭主婦。」

「唉唷，我又沒有叫妳只當家庭主婦，我的意思是妳生活可以輕鬆點，去培養一些興趣、當志工，然後也能幫忙打理一下家裡……」

「別讓我說第二次，我就說不要了。」

太太果斷拒絕，讓必臨很失望，表情很不好。他收起興奮，換上一副冷漠的嗓音：

「我看是妳吃的苦還不夠多，妳以為職場很好混吧？我們公司也是這樣。有很多年輕女生應徵進來，但都很快就會去嫁人、生小孩，最後一定會離職。我覺得她們就是隨時都可能會辭職，根本沒有升遷跟養家的經濟壓力。所以公司都不讓她們參與這種長期專案。」

「你說什麼？難道你也是這樣想我的嗎？」

「沒有啦，就是在家裡才能把自己的想法講出來啊。不管妳對工作再怎麼熱情、能力再怎麼出眾，這世界就是這樣嘛！妳想想，要是有人在專案執行途中辭職，誰來填補這個空缺？公司又不是慈善事業，當然要以利益為考量。所以妳不要再自找罪受，趕快抓緊機會……」

居然連在家也得承受這些本來只會在公司聽見的迂腐發言，讓以英實在難以忍受。

「今天你媽又打來，跟你說了一模一樣的話。為什麼你們母子今天都要這樣對我？」

「我媽打來？」

「對。」

「她說什麼？」

「叫我快生小孩，幫你傳宗接代。又不是什麼了不起的偉人，幹嘛成天把『傳宗接代』掛在嘴邊啊？」

「唉唷，妳不要理她啦。不過啊，親愛的，我覺得要是有了孩子，我們的人生也會變得很不一樣吧？」

「我就知道你會這樣說，你跟你媽是串通好的吧？」

「哪有串通！我可是拚命阻止我媽來找妳訓話耶，妳也知道我有多努力阻止她找你麻煩。」

必臨一直很希望自己的收入增加，讓以英辭去外面的工作，回歸家庭。以英則不管自己賺多少，都不願意遵從先生的期待。真不知道他們的未來會變成什麼樣子。必臨偷偷觀察了一下以英的臉色，決定換個話題、改變氣氛。

「老婆，今天我遇到一件怪事。」

「什麼事？」以英冷漠地問。

「公司給的 BB Call[2] 啊，今天傳來一封奇怪的語音訊息。」

必臨用家中的電話播放那則訊息給以英聽。

2 於一九九〇年代盛行，是具有接收簡易文字訊息的個人無線電通訊工具。

「爸！我是真理啊，爸！你快救救我！我的朋友都消失了。他們說睿俊死了，海拉也在我眼前消失了，可是都沒有人要找他們。爸，你要在那邊好好挽回這一切。再這樣下去，可能連我都會死，爸，拜託你了！」

訊息中，一個女孩子哭喊著「爸」，聽起來十分焦急。

「什麼啊？難道是什麼新型詐騙手法，找人假裝成我女兒，想用女兒被綁架來騙錢嗎？」

在當時，有BB Call的人並不多。通常只有醫生、軍人、暗中活動的情報機構幹員，還有像必臨這樣在機密專案中負責新技術開發的負責人才能擁有。或許有人認為BB Call能接觸到特定階級，才想出這種詐騙方式。這封訊息令以英很困惑，必臨卻不當回事。

「我們哪有女兒？除非妳突然改變心意，決定要生才有可能啊。」

以英決定先不深究這件事。她拉著必臨到沙發坐下，跟他說明今天請假的原因。

「我去了一趟婦產科。」

必臨原本癱坐在沙發上，一聽到這句話便立刻坐直了身子。

「真的嗎？老婆！我們終於要有小孩了嗎？」

必臨非常開心，臉色比剛回家時更紅潤。見他這副喜不自勝的模樣，以英想起下午婆婆的那些話，臉色還是十分陰沉。

「媽不是說要傳宗接代嗎？」

「那醫生說什麼？現在醫生不是都會提前告知寶寶的性別嗎？」

「醫生說，要我準備粉紅色的衣服。」

「是喔……」必臨輕嘆了一口氣，但很快又換上開心的笑容。「大家都說老大生女兒，以後會是家裡的支柱啊！老二再生兒子就好。我現在有能力養兩個小孩。」

以英忍不住激動地說：「大女兒怎麼會是家裡的支柱？她難道一出生就不能有自己的人生嗎？一定要幫忙父母照顧家中的生活起居、賺錢供弟弟上學嗎？」

以英自己也是家裡的大女兒，從小就聽這些話長大，本以為長大後會有所不同，誰曉得到了她這一代，竟然跟上一代沒什麼差別。先生繼承了上一代的古板守舊，令以英感到無力。

「我不是那個意思，我真的會好好疼她。」

以英甩開必臨的手，走回房間。她本來有事想跟必臨商量，但必臨會有什麼答案，她早已經猜到了。無論如何，生產這件事還是取決於以英的身體狀況，以及她對未來的規劃。即使先生給出充滿善意的承諾，以英的決定還是最重要的。

「當初覺得雖然他無知又單純，畢竟為人豪爽又誠懇，好好教一教應該會改變想法，現在看來是我想太多了。」

以英躺在床上，回想大學時期跟必臨一起在校園穿梭、躲在校園角落僻靜的樹叢裡接吻的那天；還想起她在朋友的圍繞之下，當眾被必臨求婚的事。當時身邊的人都不停拍手鼓譟，要她趕快答應，拱他們兩個當眾接吻。她非常討厭這種情況，只能當場逃跑，而那個傻子則手握著一大把玫瑰花拚命追在後頭。

還記得有一次，必臨指著刻在校碑上頭的真理與使命對她說，生了女兒就叫真理，生了兒子就叫使命。真是個沒品味的男人。但他沒有惡意，為人正直，以英還是決定相信他，跟他結婚。

至少也要像卞真燮那首〈蘿拉〉的歌詞講得一樣吧。

以英坐起身來往客廳走去，問在沙發上打瞌睡的必臨：「剛才那通留言裡的孩子說她叫什麼名字？」

半夢半醒的必臨模糊地答道：「說叫真理，真理。」

以英在工作與育兒之間拉扯，但讓她煩惱的不是老公或婆家說的「傳宗接代」與「大女兒是家裡未來的支柱」。

「這世界就是這樣啊。要是有人在專案執行途中辭職，誰來填補這個空缺？公司又不是慈善事業。」

雖然她知道可以把這種話當耳邊風，但她心裡清楚，這就是現實。

她一直在會計部門工作。工作成果不像業務部或開發部，能夠量化成數字，所以公司都把會計部比喻成公司的媽媽或婆婆，公司的人還會跟部門女同事開玩笑，說她們現在是兼顧家庭與工作的女強人，等到年紀大了，這種經歷可能會讓她們變得很難相處。以英從來不傷害任何人，每天都認份處理堆積如山的工作。她認為自己就像公司的筆芯、墨水、印表機用紙，沒有機會獨自發光發熱，只是被逐漸消耗的附屬品。

她一直覺得自己該多讀點書、再多拿個學位、出國深造、不要結婚、多去旅行、早點買房子……那些沒走過的路、沒做過的事，都讓她無比後悔。再這樣下去，她的人生恐怕會只剩下後悔。

大學同學惠恩說：「聽說女人到了十九歲、三十三歲、三十七歲都會走霉運，到了這些年紀，最好要花錢消災。」

「哎呀，人生要是真的只需要吃這三年的苦，那我也別無所求了。」以英說。想在韓國生存，「女人不管幾歲都很苦」似乎才是更貼近現實的說法。

早早宣布自己不結婚的銀螢插嘴說：「以英說得沒錯，所以大家都要做好準備，努力存錢，還得把所有亂七八糟的問題都當成是自己的問題來處理。」

銀螢諷刺的語氣雖然好笑，卻沒人笑得出來。

以英試著數起自己擁有的東西。她有看似有模有樣的工作，還有個工作成癮、沒空外遇的老公。光是這樣就已經羨煞所有朋友。大家肯定會說：「至少妳在過自己想過的生活啊，有自己的薪水，老公又賺得多，而且沒有孩子當拖油瓶。這樣多好，讓人羨慕，相較之下我……哎呀，別說了。」

以英也逐漸熟悉朋友的這些抱怨了。她們總是因為要參加家長聚會而提早離席，定期聚會的頻率越來越低。每當她感到寂寞時，都會想起經濟學中的機會成本。寂寞或許就是她要付出的機會成本吧。

小自己五歲的弟弟大學畢業後，以英終於有機會踏上她人生第一次的背包旅行。她說要動用自己存的結婚基金去旅行，被父母罵了個臭頭，但她依然義無反顧地踏上旅程。那是她第一次能毫不猶豫地為自己花錢，並從所有責任中獲得解放。啟程時她興奮又害怕，回程時則疲憊卻滿足。

旅行回來後沒多久，她就與必臨步入禮堂，所以她能藉著這種自私獲得幸福的時間沒有很長。以英想起過去那個果斷決定要到陌生國度旅行的自己，那個身影已經變得有些模糊。現在她和老公共同經營起一段穩定的人生，不能說走就走了。人都說，有一雙好走的鞋子，能帶妳去好地方，但現在即使換上一雙好走的鞋子，也無法讓她隨心所欲地出門旅行了。她放下對旅行的憧憬，開始規劃起從現在到老年的穩定人生。不過即使她沒再出門旅行，日常生活充斥的危險，程度不亞於旅行的冒險。

當媽媽會是怎樣的冒險呢？以英短暫地煩惱了一下。

「爸！我是真理啊，爸！你快救救我！我的朋友都消失了。他們說睿俊死了，海拉也在我眼前消失了，可是都沒有人要找他們。爸，你要在那邊好好挽回這一切。再這樣下去，可能連我都會死，爸，拜託你了！」

以英決定放棄生小孩。必臨雖然嘴巴上說尊重以英的決定，卻一直悶悶不樂。昨天必臨甚至告訴以英，墮胎是違法的，嘗試說服以英把孩子生下來。但以英說，把孩子拿掉是自己的選擇，她也有權利優先選擇自己的人生。如果每年有數十萬女性行使自己權利決定墮胎是違法的，那她也只能成為犯法之人。

雖然傳送到必臨 BB Call 的那通留言、那個叫真理的女孩一直讓她很在意。但現在那孩子跟以英已經沒有任何關係了。

505 505 505 505 505……

二〇〇七年

過了四十歲，以英主動提了離職。

「除了這間公司，我難道就沒其他公司能去嗎？」

她霸氣十足地在中年辭職，相信自己一定能找到其他出路。但四十歲女性的再就業之路實在渺茫，有些職缺的薪水低得誇張，甚至還有年齡限制。看著這些厚顏無恥的徵才公告，以英氣得七竅生煙。她很清楚，這些地方都藉口「把員工當家人」，卻會在到職後拚命壓榨員工。只要滿足「年輕女性」這個前置條件，就得承受不合理的低薪和強迫順從。

離職後，周遭的人開始用異樣眼光看待以英。像以英這種不隸屬任何組織，又有點年紀的女性，要不是被人們公開輕視，就是得承受漠不關心的忽視。

「您從事什麼工作呢?有小孩嗎？」

「我現在正在休息，我沒有小孩。」

對話到這裡就斷了。面對這種不屬於任何一個群體、無法輕易分類的女人，人們似乎不知道該聊些什麼，也不對這樣的女人感到好奇。離職看起來是以英主動逃離職場，但其實看在人們眼裡，她已經等同於退出職場。

轉換職場失敗後，以英開始打工。她嘗試了幾個接受家庭主婦的兼職工作，親身體驗這些不利於勞方的低薪環境。即使她是不可或缺的勞動力，這樣的薪水還是讓她感覺遭人輕視。無論她如何認真勤懇，還是不被當一回事。這些工作能夠輕易被取代，她被當成廉價的勞動力使喚，即使她告訴自己做這些事很有意義，卻還是感到自尊心受傷。一想到自己付出大量勞力，卻只能領取不成比例的最低時薪就備感侮辱。她到烤肉店當外場服務生時，總覺得自己被當成透明人。本以為只是自己比較沒存在感，沒想到在別人眼裡，她根本不存在。面對那些只花幾千、幾萬韓元就要裝大爺又不講理的消費者，她覺得自己的心被摧殘到破碎不堪。經過幾次難以謹守本分跟客人大吵的意外後，她被解雇了。這些令她心驚膽戰的事，經常在生活中上演。

「所以我不是說了嗎？剛結婚時就叫妳辭掉工作當家庭主婦，再去考一些證照，不是很好嗎？人生就是要看遠一點啦。」必臨的語氣略帶挖苦，彷彿他一直在等著看好戲，等著看太太失敗。

他前陣子離開製藥公司，自己出來開了間店。他從以前就一直說要用自己開發出來的酵母，開創有機健康麵包事業。他希望太太也能幫忙，所以聽說以英決定離職，他心裡其實很高興。

「我就知道會這樣。妳以為這世界很好混嗎？我以前賺那麼多，妳就應該聽話辭職，過舒服的生活……」

以英實在無法忍受枕邊人這樣挖苦自己。外面的人已經讓她心裡很難受，每天覺得自己沒有活著的價值。現在聽到必臨這樣說，甚至開始懷疑必臨根本一直在詛咒她的事業不順遂。

某天，坐在電腦前查看徵才資訊的以英，突然抱著肚子痛倒在地。她先去了內科，然後被轉去精神科。她的心需要大掃除，否則那些堆積在她心中看似無害的話語，只會慢慢腐爛。

她在諮商室裡跟諮商心理師說了很多，把那些曾經認為不重要的事情說出口，接著便有如瀑布潰堤般滔滔不絕，連以英自己也嚇了一跳。家裡的事、公司的事、朋友的事……她以為找人抱怨過後，就能以豁達的心態看待這一切，讓那些事情留在過去。沒想到很多都讓她難以忘懷，在她沒有意識到的時候，一點一滴留在潛意識裡，逐漸化膿腐爛。

她也想起自己在十七年前，曾經聽到一個女孩的語音訊息。

「想起那通語音訊息，我只覺得自己好像錯過了什麼重要的事，這讓我很難過，心很慌。我就是這樣，都是事情過後才後悔。當時的我為什麼會認定她是打錯電話呢？」

以英又想起，自己其實曾經去警察局報案。

「警察說沒辦法調查這通電話，我就離開了。我想也許是大學時就認識我們的人，想用這種方式詐騙我們。沒想到這件事竟然一直留在我心裡，沒有被我忘記。」

以英至今仍能清楚地想起訊息裡那孩子焦急的聲音。見諮商師的表情沒有太大的變化，以英稍微換了個姿勢接著說：「我居然會一直對以前的事耿耿於懷，我想我最近真的壓力太大了。」

諮商師搖了搖頭，安慰以英：「其實，就是因為妳懂得珍惜那些看似微不足道的時刻，才會痛苦這麼久。」

以英重新把頭靠回沙發上。「我把那當成打錯的電話，沒有理會，要是那孩子遭遇什麼壞事怎麼辦？她會不會現在還在等待援助？」

「一個心思細膩的人，很容易對不存在的事物投入情感。像是會因小說或連續劇裡的虛構人物又哭又笑，甚至會心疼跳舞的娃娃。崔以英小姐，我感覺得出來妳心思細膩善良，妳應該要以自己為傲。」

以英離開諮商室。她今天來說這些，並不是想聽別人稱讚她善良。而且當諮商師說到「不存在的事物」時，她的思緒就會飄到別的地方去，再也聽不進後面的話。

雖然那通語音訊息距離現在已經很久了，她依然記得清清楚楚。每每想起，總讓她感到抱歉，那彷彿在提醒她自己有多冷漠與無力。可以失望但不絕望的決心、絕不遺忘原則的承諾，都伴隨痛苦折磨著她。平時的她很少特別去想那通訊息，因為她得不斷找藉口去忽視心中的罪惡感，才能避免自己的心因此破碎。

「我們要不要領養小孩？」

以英說出她一直以來的煩惱後，必臨便立刻提議領養一個小孩。以英嘆了口氣，她不是現在突然萌生母愛，也不是需要一個能讓她付出愛心的對象，她只是擔心那個孩子。

她無法幫助每一個向她求助的人，只是好奇，為什麼那女孩偏偏要聯絡她跟必臨？為什麼她會喊必臨「爸爸」？那孩子現在還好嗎？她只是想知道那個孩子的安危。

以英經常祈禱，希望那孩子每天都能健康平安。她緊握的雙手之間，塞滿了想減輕罪惡感的自私。

一個月後的某天，以英抵達心理諮商所的時間比平常更早一些。她爬上吸菸區所在的頂樓，恰巧看見一個穿著制服的女學生，一邊抽著菸一邊不知盯著什麼看。銀星和以英一對上眼便立刻把香菸藏到身後，不過以英並不打算責備她，而是注意到了銀星的老舊 BB Call。銀星發現以英並不在乎自己抽菸，反而比較關注 BB Call 後，便放鬆警戒，主動開口跟以英搭話。

「我可以問妳一件事嗎？我聽說 0124 是『永遠愛你』，01279 是『永遠的朋友』的意思。妳知道這些 BB Call 常用的數字暗號嗎？」

以英想起過往使用 BB Call 的回憶，回答：「知道啊，0127942 是『永遠當朋友』，1010235 則是『非常思念你』的意思。」

「那 505 是什麼？我收到 8282[3] 505 這樣一段數字。」

「SOS。」

「啊，原來不是505，是英文的『SOS』啊。所以是快點快點來救我？」

以英笑著抽了口菸。「雖然不知道是誰，但我想對方應該很急吧？妳趕快跟對方聯絡吧。」

「可是……已經來不及了，因為這是我出生前傳來的訊息。」

銀星熄掉了菸，輕輕對以英點頭示意，便朝樓梯口走去。

「爸！我是真理啊，爸！你快救救我！我的朋友都消失了。」

她想起當時曾經瞥到那孩子的語音訊息在必臨的BB Call上顯示的代碼。

8282 505 505 505 505 505……

當時她忽視了那一串求救訊號，現在又發現不是只有他們夫妻收到這樣的訊息。

「等一下。」以英請銀星詳細說明一下她遇到的狀況。

「妳可能不太相信……」銀星深吸了一口氣，表情非常凝重。

「不管妳說什麼我都相信。以前我就是不輕易相信別人，害我現在都還在承擔後果。」

3 發音近似韓語「快點快點」。

聽到以英這麼說，銀星雙眼一亮，緩緩開口：「聽說我有個雙胞胎妹妹，但我們出生時狀況很不好，一定得放棄其中一個孩子，否則媽媽跟我們都會死，最後是我活了下來。不是因為雙胞胎妹妹生病或身體比較差，完全只是基於大人偶然的選擇。如果當時死的是我，也一點都不奇怪。」

銀星的語氣非常坦然。她說話時的情緒起伏，就跟說話的速度一樣快。

「我常聽別人說『幸好至少妳活下來了』，但如果當時死的是我，他們應該也會對妹妹說一樣的話。」

即使是在抱怨人們的態度傷害到她，她的語氣也沒有太多停頓，彷彿是不想讓這股憤恨留在心裡太久，反倒是以英聽得胸口發悶。

「我敢肯定絕對會。雖然大家講這話時應該都沒想太多，但……有時候這樣反而更傷人。」

「其實說是妹妹也很好笑，因為她沒能真正出生到這世界上，我只是擅自以『她比我慢一步』為由稱呼她為妹妹……其實誰是姐姐、誰是妹妹這種事，根本和出生的速度或順序無關。」

以英點點頭。

「不過我還是很喜歡『妹妹』這兩個字給我的感覺，這表示我是某人的姐姐呢。」

不知為何，以英很能理解她的感受。

「我媽媽在醫院工作，這是她用了超過二十年的BB Call。這封訊息是在我出生時傳來的，代碼是8282 505 8282 505……語音訊息是一個女學生喊著我媽媽的名字，要媽媽救救她，那個女生說她的名字叫銀星。」

銀星把BB Call上的訊息清單拿給以英看。

「怎麼這麼多？」

「總共有上百封。訊息裡面說的是二〇〇七年發生的事，但收到訊息的時間點聽說是在我出生前，也就是一九九〇年時收到的。」

以英想起那晚傳到必臨BB Call的語音訊息。現在就是二〇〇七年，除非必臨有個不為人知的女兒，否則哪可能會有孩子叫他爸爸……

「去年我媽媽把這個BB Call給我，我一直在等，想說今年或許會有什麼事發生在我身上。我想是我聯絡了過去的媽媽，但一直等到現在都沒發生任何事，看來傳這封訊息的人，並不是我。」

「那是……」

「是我的雙胞胎妹妹，她肯定還活在某個地方！」

以英想起了那個聲音。「不會吧……」

「妳看吧，我就說妳一定不會相信。」

「不，我不是不相信妳，是我也收到過這種訊息。」

「妳也收過訊息？」

以英緩緩點頭。「也是一九九〇年，訊息是一個女孩傳來的，她叫我老公『爸爸』，但我們根本沒有孩子，現在也沒有。」

銀星對沉浸在思緒中的以英說：「我收到的訊息裡，有講到那個人在二〇〇七的朋友。她有提到那些人的名字，而且資訊非常詳盡，所以我也去找過那些人。」

「然後呢？真的跟訊息內容一樣嗎？」

「完全不一樣。」銀星搖頭。

「為什麼？發生什麼事了？」

「我沒找到任何人。她說的那些人，一個都不存在。」

「怎麼會……」

「其中有個奇怪的共通點，就是這些人根本都沒有出生。」

「沒有出生？」

「我去他們父母經營的店看過，也去家中拜訪過，但那些夫妻都說他們沒有就讀高中的子女。」

「訊息裡的那個孩子說她幾歲？」

「跟我一樣，一九九〇年生，現在讀高二。」

十七年前，一九九〇年，是以英墮胎的那一年。大學同學惠恩、銀瑩也都在那時基於各自的理由放棄生育。當時大家身邊都剛好發生了一些事。

那孩子說她叫真理。

以英試著想像那個一直以來被她刻意忽視的假設。如果當時她生下了女兒，那會如何？如果孩子順利出生長大，現在也已經高二了。可是訊息中那個孩子只提到爸爸，為什麼沒提到媽媽呢？難道是跟銀星姐妹一樣，母女中只有一人活下來嗎？

「如果我當初決定生小孩，而生產時意外死亡，只有孩子活下來的話……」

以英覺得銀星與雙胞胎妹妹的情況，就像自己跟女兒的情況。孩子活在一個以英不存在的世界裡，並且希望家人能救她。以英深陷在思緒當中，直到銀星叫她才回過神來。

「妳沒事吧？」

以英抬起頭。她不能再把 BB Call 裡的訊息當成跟自己無關的聲音了，雖然她內心仍覺得跟對方很疏遠，但她也同時對這個沒有見過面的女兒產生了一絲期待。

「如果當時那封訊息是來自二〇〇七年，那就是我現在還有辦法救她的意思囉？」

看見以英換上堅定的神情，銀星說：「妳沒辦法繼續坐視不管了吧？我也是。」

＊

見過銀星後，以英無法停止思考。那些現在應該是高中生的孩子，在當年、在一九九〇年，全都沒有出生，而且都是女孩子。

今年是二〇〇七年，是六百年一遇的金豬年。她無意間看見一篇新聞，提到人們搶在二〇〇〇年生下千禧寶寶，還有一九九〇年白馬年生的女生八字不好的事。她記得那一年，身邊很多人都避免生下女嬰，還有許多人在婆家與先生的反對下放棄生育。那篇報導後面附上了一九九〇年新生女嬰的統計數據，前一年的男女嬰比例還是一百比八十九，但到了一九九〇年，女嬰數量下降到八十五人。只有女生的出生數減少了，她們不被允許降生到這個世界。

如果她們當時順利出生，現在都高二了。以英雖然明白當時是基於自己的考量與選擇，才決定不把孩子生下來，但她仍然很在意。畢竟當時婆婆知道她要把孩子拿掉，卻沒多說什麼。她不禁想，如果當時懷的是男生呢？婆婆肯定會立刻衝到首爾，阻止她去墮胎吧。她實在無法堅定地說出墮胎是自己的選擇，而其他人就是迷信、野蠻。但這些事情難道只發生在那一年嗎？全天下的女人有多少，就有多少種被迫墮胎的理由。

以英想像銀星一收到訊息，便立刻四處奔走、查證的模樣。當以英把那封訊息拋到腦後時，銀星卻四處探訪這些人，展現出年輕女性的覺醒與行動力，這樣以英感到既感激又抱歉。她們這個世代將許多問題留給下一代，因此當親眼看到銀星這樣會想辦法解決、改正問題的人，讓以英感到羞愧。

以英對這個世界一直很悲觀。雖然很多制度正一點一滴改變，但再怎麼改變，都無法忽視這個世界依然難以用常識溝通。她責怪自己沒有實現小時候的夢想，成為一個還不錯的大人。她在學校、在職場、在家族聚會的場合、在網路留言板，甚至在街頭，都經歷過人們的忽視、無禮，甚至是一些微小卻難受的暴力。每當直接或間接經歷這些時，她只會花最低限度的精力去抵抗，然後很快又因為疲憊而投降。她覺得與其一個人挺身對抗體制，避免與體制正面交鋒才是上策。她開始忽視自己的軟弱，問題也跟著消失，彷彿那些問題一開始就不存在。

但有些人並不覺得自己在孤軍奮戰。例如她身邊開始出現同時使用父母姓氏的人，也有一些朋友邀請她一起連署廢除戶主制[4]。她開始到書店找女性主義雜誌《if》來讀，首次接觸到約會強暴、婚內強暴等詞彙，這些新知識都使她重新看待這個世界。聽到那些所謂的意見領袖，嚴肅提醒女性不要自私地做出短視近利的事，她總會無奈地苦笑。人生確實不該短視近利，卻也不該好高騖遠。畢竟人生的問題應該要比遲到的制度、比政治權力更加急迫。回首過去，女性總是最先體認到這些問題，但不意外地也總是受到嚴重的打壓，讓她們舉白旗投降。

即便她如此悲觀，那些人的奉獻自我仍為世界造就了些許改變，如今人人都能享受這些果實。

4 當時法律保障只有男性才能成為法定家長，女性屬於男性家長的附庸，子女必須隨男性家長姓氏，終生不能改姓。此制度直到二〇〇七年才宣佈廢除。

不久後，以英與銀星再次約在診所頂樓見面，銀星跟以英分享自己知道的資訊。

「如果以前的我們能聽到訊息，代表我們肯定距離現在送出訊息的管道很近。」

以英決定相信銀星，因為她認為會認真看待別人求救訊號的銀星，很值得信賴。

「真理，對不起，我直到現在才開始行動。為了救妳，我一定會想辦法的。」

名為「我們」的名字

毆打我的那些人，後來因為犯下其他案件被逮捕，但只是略施薄懲便被放了出來，現在仍大搖大擺地在外頭閒晃。那股受辱的感覺，讓我好一陣子無法像過去那樣放心出門。普世人權或愛的教育，都不該用於寬恕這種明確的犯罪行為。至少以我的標準來看是如此。

我花了一點時間，才終於明白這世上沒有任何人能束縛我。沒過多久，我轉學到東英女子高中，爸爸很開心我終於下定決心好好讀書，但我其實只是想藉此讓希望我安分守己的人放心。畢竟我知道，只要我下定決心，我一定能成為令他們最害怕的恐怖分子。

聽說崇林高中成為男校後，我的在學紀錄就消失了。我本想故作堅強，但仍控制不住表情。我聯絡不上以前就讀崇林高中的其他女生，看來只剩下我一個人成為錯誤，繼續留在這世上。

我聲稱自己過去在家自學，得到東英女高的學力認證，並插班進入二年級就讀。我被迫說謊，去迎合只適用於另一群人的規則，這讓我很不愉快，不，我感覺非常糟糕，因為我覺得自己過去的人生已經徹底遭到抹除。

如今殺人犯都可以大搖大擺地在街上行走。每當我在路上遇到熟人，發現他們的表情和過去不同，我都會很緊張。一想到不知有多少人被取代，便忍不住打冷顫。

東英女高是智妍過去就讀的學校，我聽說之前她們一班有四十人，現在減少到三十人。我轉學過去的那天，就去查看過每一間二年級教室，完全找不到智妍的身影。

「妳認識四班的智妍嗎？」

很多人對我的問題感到疑惑，不然就是誤以為我說的是另一個同名的人。每當聽到不符預期的回答時，我總會感到失望。

我變得比就讀崇林高中時更加孤單，過去面對那些跟我擁有不同記憶又沒同理心的男生，我也不曾有過這樣的感受。女高裡那些對我們的遭遇毫不在乎的女生，讓我更加失望。如果我把這種心情告訴海拉，她會說什麼呢？

「妳應該只對那些知道實情的人抱有期待。期待每個人都有所反應，是不切實際的行為。」

我想像海拉可能會給出的回應，試著拿來安撫自己。

我放棄交新朋友，讓自己在學校成為一個透明人。但我還想打聽智妍的事，不想隨便樹敵，只好整天把虛假的微笑掛在臉上。我想大家可能也察覺到我的笑容是裝出來的，所以也沒有人主動接近我。

每到午餐時間，我都會坐在操場角落的陰涼處，靜靜觀察人群。田徑隊的人每天都在操場上練習，無論天氣好壞，從不缺席，似乎是為了習慣不同的天氣，每次看她們在大雨中訓練的模樣都有些心疼。擅長體育的女生，總讓我忍不住擔心她們是否擁有自己身體的主導權；擔心她們的現在，是不是被教練、老師或所謂「國手」的未來支配，我知道這種擔憂是多管閒事，但一聽到教練聲稱「不合理的訓練是磨練」，我就更加難受。

「哇！是新紀錄！」

操場上爆出一陣歡呼聲。跑道盡頭，田徑隊的教練與隊員們開心跳著。那是她們做了多少訓練才得到的成就？那或許是我這輩子都無法品嘗的喜悅。其他學生也圍到隊員身旁，在一群學生圍起的圓圈中央，有個高個子女生正在接受大家的祝賀。我呆看著被周遭的期待與愛護所簇擁的她。瞬間，我從她身上看見那個本該和睿俊及海拉共享喜悅、本應被朋友簇擁的自己。我眨眨眼，那個畫面便消失了。

我越來越被孤立，每天都過得恍恍惚惚。以前的回憶越來越模糊，這對我來說可是件大事。所以每天早上，我都會拿出抄寫在筆記本上的內容複習，這樣才能想起自己該做些什麼。我還會把大家的名字寫在手心上。

我還沒找到記得智妍的人，遭遇幾次挫折後我有些難過，但仍試著保持冷靜。我還沒把全校學生都問過一遍，得繼續問下去才行。可是同時也害怕如果問了全部人，仍找不到想要的答案怎麼辦？「問遍全校學生」和「別再跟任何人接觸」這兩個想法，在我腦中對峙拉扯。

突然，我聽見一個人開玩笑地說：「如果是叫作智妍，那應該會出現在銀星畫的少女漫畫裡吧？」

「漫畫？」

「妳不知道朴銀星喔？要不注意到她很難耶。」

我攀在二年四班的後門邊，伸長脖子往教室裡看。然後拉住一個人，告訴她我想見朴銀星，她立刻匆匆跑走，不知道跑哪去了。稍後，我聽見一個豪爽洪量的嗓音從我身後的走廊傳來。

「妳是鄭智妍的朋友？」

瞬間，鄭智妍這個名字響徹整條走廊。光是聽見有人能這樣說出智妍的名字，就讓我內心無比激動。

我顫抖著說：「妳認識智妍？」

一陣風從走廊靠窗的那一側吹來，吹起了銀星的短髮。她那被黑髮遮蓋，染成藍色的內層頭髮露了出來。銀星穿的不是裙子而是褲子，全校只有她一個人穿褲子，布料跟制服裙子一模一樣。看我一直盯著她的褲子，銀星主動開口解釋。她的語速有點快，卻不會讓我覺得難受，真令人意外。

「妳好奇這條褲子？這是我自己去剪布來做的，設計得很時尚吧！賽我網的網友都以為這是學校正式的制服呢。聽說很多人因為這條褲子想來讀我們學校，學校也說明年開始要正式把褲子變成制服呢。」

她把褲管向上摺起，露出不同顏色的內裡給我看，笑得非常淘氣，毫不遮掩地露出牙齦跟虎牙。

「好好看，冬天穿一定很溫暖。」

她似乎是個能創造新規則的人，這讓我感到新奇，因為那是我辦不到的事。路過的人都會跟銀星搭話，聽她們的對話，我才發現她就是在操場上接受大家歡呼的田徑隊員。

「妳是田徑隊的喔？」

「對，我是隊上的王牌。」

她到底是怎樣？簡直就像漫畫裡的主角，理所當然地接受自己受人關注。

「田徑隊會不會很累啊？」

「超累的！跑步時真的累到要瘋掉。」

聽她這麼說，似乎是真的很累。

「不過也是因為很有趣，才會繼續參加啊。」

原來除了累，也會覺得有趣啊。我突然感到很抱歉，我一心只覺得她們很可憐。

「直到消失之前，智妍都是我們班上的同學。」

「我問過其他四班的人，但她們都不記得了。」

銀星露出一個神祕的微笑，那個表情告訴我，她什麼都知道，但她不會隨便告訴別人。又好像是在告訴我，因為我還沒有放棄，所以這一切還沒結束。

「妳，記得嗎……？」

銀星點點頭。我握緊拳頭，我每天早上都會用油性筆，在手心上寫下睿俊、海拉與智妍的名字。我大大吐了口氣，心想終於找到了，找到一個人能讓我暢談自己失去的一切。

銀星的出現讓我感覺空氣變得無比清新，那股疲憊的無力感逐漸褪去，再次覺得這世上充滿了無數可能。與夥伴一起尋找對策的可能、改變的可能、故事重新開始的可能、不再被孤立的可能，最重要的是——與海拉、睿俊及智妍重逢的可能……如今眼前這個人，能與我一起邁向那些我一個人想也不敢想的可能。

銀星抓住我的手，不由分說地拉著我走。

「我要去社團辦公室，妳要不要來？」

雖然她用的是問句，但並沒有打算聽我的回答。她一下推著我走，一下拉著我前進，害我好幾次差點踩空。

「社團？是田徑隊嗎？」

「是少女漫畫研究社！」

銀星三步併作兩步爬上樓梯來到頂樓，我看見頂樓的鐵門被緊緊鎖上。學校以防犯為由上鎖，實際上是為了防止學生自殺。

銀星推開一旁的一扇小門，看起來似乎是通往一座倉庫。我們一進到那小小的房間裡，原本靜靜埋頭做事的五人立刻抬起頭來。她們正在畫漫畫原稿，銀星向她們介紹我。

「大家，轉學生說想加入我們社團。」
「不，我不是來參加社團的……」
銀星打斷我的話。
「真理也是生存者，就像我們記錄下來的人一樣。」
瞬間，大家都停下自己手上的動作注視著我，接著緩緩起身，像慢動作一樣朝我走來。有一個人扶正自己的眼鏡，她旁邊那個人則一手摸著下巴，一手把手機的相機打開。另外還有一個人拿著紙筆，擺出要採訪我的模樣。有人神情凝重，但也有人看起來非常開心。被她們包圍讓我緊張得忍不住縮起肩膀。有一個人拿起手機錄影，我試著伸手遮住鏡頭，也遮住自己的臉。這時，大家開始七嘴八舌起來。
「天啊！」
「原來妳沒有消失！原來妳活下來了！」
「我是梁真熙，是這個社團的社長，很高興看到妳來這裡！妳撐過來了！」
「快把這件事記錄下來，我們又遇到生存者了！啊，我是白秀延，副社長。」
我這才放開了手，鬆開緊縮的肩膀。
「我是秋美真，我想拿我們的記錄跟妳的記憶對照，妳今天有空嗎？」
眾人你一言我一語，而我愣在原地，不知該作何反應。我覺得似乎必須跟她們坦白，說我活下來可能是一種特權，我不值得妳們對我這麼好。

我強忍著這股暈眩感，開口：「妳們的記憶沒有被改變嗎？妳們是怎麼記住大家的？」

夕陽的餘暉透過小小的窗戶照入室內，手上拿著一支筆的美真率先開口。

「其實我們也在漸漸遺忘大家，要不是銀星，我們肯定也早就忘了。銀星每天都會把我們班發生的事畫成漫畫。」

秀延把漫畫原稿拿給我，那是一些四格短篇漫畫，畫風非常可愛，內容都是二年四班的日常生活。

「這是什麼？」

「是銀星記憶中的我們，消失的人也繼續活在這裡面。」

「每天我們都會看銀星的漫畫找回以前的記憶，如果不這麼做，就會真的忘記。」

「銀星的漫畫只要看過一次就不會忘，內容好笑又很感人。我們都是銀星的編輯，也是她的助手。」

「我負責幫忙取材。」

我翻開少女漫畫研究社自行製作出版的漫畫，從二〇〇七年開學第一天開始，完整收錄了二年四班的校園生活，老師與同學進行長時間討論的畫面也都在裡面。智妍曾跟我說過這件事，所以我也知道。老師跟同學經過長時間的商議，最後想出了記住大家的方法。

在六人形成的圓圈中，我感到睽違已久的踏實。我居然一口氣遇到了六個能讓我依靠的人，我開心到甚至想對她們抱怨自己這段時間都在孤軍奮鬥。在這裡，我不必再拚命求她們別丟下我。我相信，即使遇上會讓人痛苦掙扎的時刻，也能一起攜手克服。我不必再懷疑這一群被命名為「我們」的人，是否真的屬於我這一邊。既然她們願意用盡一切方法，只為了把消失的人記在腦海裡，那想必很值得信賴。

「我想把妳們的漫畫拿給我認識的人看。」

「這不能隨便拿給別人看耶。」

銀星吸了吸鼻子說：「妳說妳不是來參加社團活動的吧？要加入社團才能販售或轉讓漫畫喔。入社條件很麻煩，不是隨便誰都能加入的。」

「條件是什麼？」

銀星笑著指向貼在社團教室牆上的一張紙。

我們記得消失的每一個人。

我跟銀星露出相同的笑容。

「我怎麼可能忘記，那可是我的故事呢。」

銀星笑著舉起右手，拍了拍我的肩膀。「新社員有兩本免費漫畫的額度！」

我一個人什麼都做不到，但要是跟這些持續記錄「我們」的人在一起，我彷彿無所不能，能夠去到任何地方。

所有的瞬間

交到新朋友後，我找回睽違已久的平凡日常，又可以像以往那樣跟朋友嘻笑打鬧了。我跟真熙、美真還有銀星一起去了吃辣炒年糕，忘記講到什麼，還一起笑到肚子痛。雖然辣炒年糕怎麼吃都美味，唯獨那天的滋味格外特別。我想就算到了很久以後，還是會時常想起那天的辣炒年糕。

即使沒有海拉，我也能創造特別的回憶、可以笑得無憂無慮，這讓我嚇了一跳，也讓我感覺對不起海拉。但我知道海拉想必會要我多笑一點，於是我笑得更開了，就像已經取得她的同意，笑聲誇張到連我自己聽了都有些尷尬。

這陣子每當感覺自己像被困在深海一樣喘不過氣，我就會出門去跑步。如果不做點什麼我似乎會發瘋，所以每當喘不過氣時，便會逼自己出去動一動，因此出門的頻率非常高。

我不斷接觸新的音樂、漫畫與小說，我會去看別人的部落格、留言板、個人主頁、老照片或很久以前的新聞，試著找出藏在字裡行間的故事，或是某個不知名的人隱藏起來的祕密訊息。我彷彿在找一個資格、在找一份權利。我真的可以這樣繼續活下去嗎？

海拉，真的可以嗎？

我好想海拉，我需要海拉。我是憤世嫉俗的人，海拉則是平凡且樂觀的女孩。看見孤軍奮鬥的人，她肯定會鼓勵對方，用最平凡的話語鼓舞人們的內心。跟海拉相處的每一瞬間都很微小平凡，但我們會將生命中微小的每個剎那，一點一滴的堆積起來，期待著某個偉大的時刻來到。所以每一個平凡的瞬間，都是無與倫比的重要。失去那些無關緊要的日常，就如同失去一角便無法完成的拼圖，無法描繪出最寶貴的風景。

海拉的消失，讓我跟她一起創造的世界也跟著消失了，失去重要的情感寄託帶來的強烈打擊，讓我產生世界就要崩潰的失落感。

姜海拉、姜海拉……看著自己每天寫在日記本與手心的三個字，我無比混亂。這是什麼？是人名嗎？每當發現記憶逐漸模糊，我都會難過又驚慌。總有一天，我會完全忘記妳吧。

思念一個消失的人就像上天給我的懲罰，我責怪自己錯過了她的手，更無法輕易允許自己就此將她忘記。

會不會等到很久以後，我會發現就連這一刻的懊悔都是美好的？到了未來，我會因為當下太痛苦，而認為過往的痛苦不足為奇嗎？我相信只有經歷並戰勝痛苦的人，才能回過頭來說這一切都很美好。我知道只有當過去真正成為回憶，人們才有辦法笑談回憶的美好。我所沒有的良辰美景，正在離我遠去。我想，當我徹底忘記每天早上要在手心寫名字之後，此時此刻就會真正成為過去了吧。

正當我一邊捧腹大笑，一邊吃著辣炒年糕時，銀星突然問：「真理，妳怎麼哭了？」

我嚇了一跳，我不知道自己在哭。

「我好混亂，我好像忘了什麼，但我不知道自己忘了什麼。」

大家瞬間停下手上的動作。

「妳在找睿俊、海拉跟智妍。妳忘記的那些時刻，我會在旁邊提醒妳。」

銀星的語氣很平淡，就像平常那樣簡潔且不拖泥帶水。

銀星都記得，為什麼我卻一直忘記？我對自己好失望，我只能啜泣，連擦眼淚的力氣也沒有。

「他們會回來嗎？不管怎麼想，我都覺得不可能了。」

大家陷入了沉默。過了一會兒，真熙才開口。

「不管怎麼想都不可能發生的事，現在不就已經發生了嗎？」

我點頭表示同意，這才有了擦眼淚的力氣。她說得對，我不該隨便放棄希望。

大家突然在同一個時間點對辣炒年糕失去了興趣。我看著她們，擦乾眼淚。

*

銀星深受大家喜愛。老師、同學都很喜歡她，她身邊總是有人圍繞。參加田徑隊練習時，甚至還有一年級的學妹會在附近看她練習。不知道她是不是特別叮嚀過，從來沒人跟著她到少女漫畫研究社的社團教室，但其餘的時間，所有人都像冬天圍著暖爐取暖的小貓，緊緊跟在她身旁，每個人似乎都想多沾染一些銀星身上開朗溫暖的氣息。每次看到這幅情景，我都會再次體認到每個人的心都需要溫暖。

銀星跟我不一樣，她是樂觀的人。在世界改變之後，我反而比以前更加悲觀。

「我啊，覺得在這裡經歷的每個時刻都嶄新且珍貴。」

銀星這句話，聽起來就像網路上會看到的雞湯小語。雖然很棒，但我不想把它抄在手冊上。這種美麗的言詞好像忽視了當前的絕望，根本說不通。我更喜歡海拉說的「即使情況很悲觀，也不要感到悲傷」。

但當時的我，就像身處刺骨的寒冷冬天，只能依偎著開朗溫暖的銀星。現在想想，那是我人生中最寒冷且黯淡無光的時期。

週末，我決定去墓園探望媽媽，不知為何，銀星硬是要跟著我一起去。

「田徑隊的練習呢？」

「不知道，大家會自己看著辦吧。」銀星不負責任地說。

雖然是王牌，她卻表現得好像沒有她也無所謂的樣子，而且像個要去郊遊的孩子，一路上開心地哼著歌。

巴士上，銀星把她正在構思的漫畫劇情說給我聽。內容是一群膽小又不起眼的人，合力拯救即將滅亡的地球。換作平時，我肯定會認為這根本是給小孩看的幼稚劇情，現在卻聽得非常認真。

「主角膽小又優柔寡斷，而且很容易想太多，所以做事總是慢半拍。但也多虧如此，他沒有被壞人攻擊。因為壞人個性都很急，發動攻擊後就迅速離開了。」銀星越說越興奮。

「但這樣的主角會不會讓人看得很生氣啊？」

銀星果斷地擺了擺手。「主角就是要有一點缺陷才好。他這種有點窩囊的個性，最適合我的故事。」

「是喔？我喜歡個性豪爽又帥氣的主角。」

「其實我最喜歡個性穩重的角色。」

我們一起笑了出來。我們喜歡的主角個性都跟自己毫無相似之處，卻還是能對這些角色產生共鳴，實在有些可笑。大概就像個性截然不同的人，竟能成為好朋友一樣矛盾，可是這樣的矛盾讓我很著迷。

銀星告訴我，她如何把主角刻劃得有模有樣。

「我會用劇情襯托主角，讓主角看起來更帥氣。以電影手法來說，就是要用慢動作來凸顯他。在主角大顯身手的那一刻，我會加入靜止畫面或回想劇情，然後再加上緩慢且優雅的獨白。」

「如果讀者因為主角太窩囊而生氣，跑去支持壞人怎麼辦？」

雖然我只是隨口開玩笑，銀星卻認真思考起來。

「呃……的確也有可能……」銀星瞇起眼盯著我，然後大聲說：「我沒想到這個設定會讓妳有這種感覺耶。不過我想，還是會有人對這個劇情有共鳴啦！」

還是會有人能產生共鳴啊……我看著自己每天早上寫在手心上的名字。姜海拉、姜海拉，朋友的名字對我來說就像一道命令，命令我不許遺忘。

我過去總是自己一個人來墓園，如今跟朋友一起來，感覺格外獨特。如果是跟親戚或爸爸一起來，就只能聽大人講述他們的回憶。聽還記得媽媽的人緬懷她，就是我追思媽媽的方法。我告訴銀星，每次來這裡都讓我心情很複雜。這樣向她吐露心聲，我才終於感覺自己真正在追思媽媽。

「我從小就是個沒有媽媽的可憐蟲，我越堅強，越會讓媽媽的親友難過。這讓我壓力好大。等我稍微長大一些，我在他們眼中就更特別了。我變成沒有媽媽也能好好長大的孩子，這更讓我有壓力。」

大家會這麼說，難道是因為覺得一個孩子沒有媽媽，就沒辦法好好長大嗎？我把內心這種難以言喻的情緒告訴銀星，大肆抱怨大家稱讚我是「特別的例外」有多麼不合理。每次聽我這樣抱怨，海拉總會站在我這邊，替我罵他們。

「妳媽媽一定都有在聽妳說話喔。」

銀星這句話，聽起來好像她跟我媽媽很熟，但是她又沒見過我媽。這種盲目卻樂觀的安慰，害我忍不住笑了出來。

「這真是個適合追思的地方，對吧？」銀星告訴我，她人生的每一刻都無比珍貴，她忍不住感嘆：「人的每一次相遇都是特別的，所以每一次離別也都很特別。」

我停下腳步，「離別很特別」？聽起來好像是在說她覺得與人分離這件事，只是個古老且遙遠的過去。

「喂，妳不要講得這麼簡單，好嗎？」

妳不是也失去了朋友嗎？我心想。

銀星的失落感似乎跟我不太一樣。她失去的東西是不是不太重要，還是她更看重剩下的東西，所以才能果斷忘記遺失的過去？

雖然她沒有惡意，我卻很生氣。她到底憑什麼說這種聽起來像要大家健康生活、療癒自我的廣告文案一樣空虛的話？真令人不爽。人們一個接一個消失，她居然還說離別很特別，這種只有事不關己的人才能說出口的話，實在令我火大。

「妳以為自己是在寫歌詞嗎？不是每件事都能用詩意的方式詮釋。妳對自己失去的東西一點都不感到可惜嗎？」

銀星連忙說她不是那個意思，但又重複了剛才那些話。我真是對她很失望。

「抱歉，我想一個人靜一靜，妳先回去吧。」

我轉身背對銀星，一個人大步走開，直到聽見她在我身後大喊。

「這裡也有我認識的人，而且還有很多。」

我停下腳步。

「抱歉，我講得好像自己從沒來過。因為就算是裝的，我也希望自己能開朗一點，不要一直沉浸在悲傷裡。」

啊……原來銀星也曾經失去親人啊。我們同樣都在面對自己無可奈何的問題。我走回銀星身邊，沉默了一會兒才跟她道歉。

「對不起。」

「沒關係。」

銀星熟門熟路地走進供奉骨灰罈的奉安堂，向我介紹那些她認識的人，還不忘說明他們死去的原因。

「你們怎麼認識的？」

「我們有聯絡過，還曾經跟一些人重逢過。」

銀星手指輕靠在嘴唇上，就像在說祕密。重逢過？我仔細查看這些人離去的日期，還有他們的姓名與照片，卻找不到任何共通點。

我把寫給媽媽的信放在奉安堂裡，然後看了她的照片好久，在內心暗自向她禱告。

媽，我的朋友都消失了，爸爸也變了，現在我該怎麼辦？

如果媽媽還在世上，她會是個怎樣的人？她會不會陪我一起看漫畫，或是像銀星說的，願意傾聽我的煩惱？我沒有跟媽媽相處過的經驗，所以不管怎麼想像都只是白費力氣。一心認為自己跟媽媽心意相通，也只是我的妄想。不知為何，我覺得今天的奉安堂特別陰森。

「我們走吧。」

我們往門口走去，因為沒什麼特別想說的，誰也沒有開口。

就在快抵達出口時，銀星突然轉身。

「真理，我有東西忘了拿，妳先走吧。」

銀星不等我回答，便又跑了進去。

「喂，我跟妳一起啦。」

銀星沒有等我，只是做手勢要我先走。我站在出口等她，無意間透過出口旁警衛室的監視器畫面，看到了銀星。銀星的舉動非常可疑，她走到我媽媽骨灰罈所在的位置，把我剛剛放進去的那封信拿了出來——她到底在做什麼？

銀星沒有回頭找我，而是直接從奉安堂的後門出去，接著迅速竄入一旁的小巷子，跑得無影無蹤。

伊斯特X

我一直待在社團教室。我的畫圖技巧很差，只能擔任少女漫畫研究社助手的助手。銀星好幾天不見人影，我待在社團教室一方面是為了等她，一方面也是因為這裡是全校唯一能讓我安心的地方。

校內外都有好多我不想聽到的事，只能用吵雜的音樂蓋過。外頭正在發生可怕的事，卻不是每個人都有同等程度的失落感。那些亂七八糟的、難以忍受的、可怕的、令我感覺世界只剩下自己的話語，一直在心中揮之不去。我必須好好選擇自己該聽什麼，有些我該用心聽，卻總是聽不進去，而那些該當耳邊風的，卻總是留在心裡。

我必須跟讓我感到自在的人相處，我必須找到一個人，能讓我放心開玩笑、說垃圾話。我不是想跟那些假裝自己像天使一樣善良的人來往。無論是夾雜著髒話的爭論，還是嘲弄、憎恨他人的言語，聽在我耳裡都會因為語意而有不同的詮釋。即使是同樣一句話，我有時候不能忍受，有時候又覺得可以接納。這兩者之間，究竟有哪裡不同呢？我想是因為有些人說話時，會顧慮到這句話可能造成的後果，那就讓他們說的話聽起來不太一樣。

而最讓我難以認同的，就是那些輕視且極度厭惡弱小的言論。

跟社團的人待在一起讓我很自在。我們總會在同個時間點感到好奇、產生疑惑，會同時說：「奇怪，這是為什麼？那後來怎樣了？該怎麼辦才好？」我們會提出類似的問題，用類似的方法，想像自己未來可能的遭遇。

我們訪問了各自的國中同學，並在社群上把我們注意到的狀況整理分享出去。我們會閒聊，而且經常能推導出非常精準的結論。

「不光是我們學校而已。每一個消失的人都是高中二年級，而且都是女生，女校人數比以前少了百分之二十。」真熙說。

「像崇林高中這種以理工為主的學校，都直接變成男校了。」

「我去查了各年度的出生人數。」

秀延把她去電腦教室印出來的紙塞給我，上頭密密麻麻的都是數字。

一九八九年：七十六萬七千三百一十七人，一九九〇年：七十七萬九千六百八十五人，一九九一年：八十五萬一千一百三十人……是各年度的出生人數。[5]

「一九九一年的數字很怪，妳看一下跟前一年相比的增減率，八九年是一點〇，九〇年是一點六，九一年的增減率居然高達九點二。」

「真的耶。」

對統計很有一番見解的秀延說：「九〇年以後的出生率一路下滑，妳看二〇〇一年的每月增減率，少的時候甚至比前一年低百分之十二點五，卻沒有任何一個月多到百分之九點二。」

「但九一年出生的人增加，跟現在消失的人無關吧？」

「不覺得這很奇怪嗎？就好像是前一年刻意壓低出生人數，隔一年才會爆發性的成長。」

「就像『飯塞太多，從中間爆開來的飯捲』嗎？」真熙開玩笑地說。

我也說出自己的推理：「會不會是九一年有獎勵生產的政策？」

秀延提出一個假設：「如果是原本要在九〇年生產的人，因為獎勵政策延後生產計畫呢？」

現場沒有人出聲。因為這件事跟一九九〇年出生的我們息息相關，我們曾經面對這樣艱難的生死關頭。

「如果那時生育意願被壓低，一口氣少了七萬人的話……」

「不太可能一口氣少這麼多人吧？而且也不可能挨家挨戶去說服大家別生啊。」美真提出質疑。

秀延繼續推論：「當時肯定有非常大規模的生育政策，以一九九〇年的女生為重點對象……」

5 原書註：實際出生人數為一九八九年：639,431人，一九九〇年：649,738人，一九九一年：709,275人。

「什麼政策？要大家『兩個恰恰好』？」

「那是一九六〇到七〇年代的口號。」

「應該是兒子女兒一樣好，一個恰恰好吧？一九八〇年代的政策就是這樣。」美真推了推眼鏡說。

「對，一定是生產限制政策，但兒子女兒一樣好只是口號，大家還是會挑。妳們看九〇年出生的性別比例，是一百比一一六點五耶。從自然狀態的統計數據來說，應該會是一百個女嬰對一〇六個男嬰才對，乍看之下只差十人，可能會覺得沒有很多，但實際人數卻差了七萬人左右。這代表什麼？代表跟我們同年的女生，有高達七萬人沒有出生。」

「這種事情怎麼可以當成政策？這是一種性別篩選，不對，應該說是一種性別歧視才對。這根本是種族滅絕吧！」

「種族滅絕是什麼？」

「就是屠殺。集體迫害、殺害跟自己不同國家、人種、民族與宗教的人。」

世界上居然有這種事？我從沒聽說過。

「我真的覺得不能把墮胎當成必須禁止的事。就是因為墮胎不合法，才會衍生出這麼多弊端。」

聽完我說的話，真熙試著釐清我們現在討論的重點。

「雖然沒有精確的統計數字，不過每年墮胎應該都至少有數十萬件。但我們現在要討論的不是墮胎，而是出生人數，要探討的是整個社會發生了集體迴避生育的事件。」真熙接著說：「像我家有三個女兒，我以前問過我媽，說她有沒有想過，如果知道第三胎也是女兒，那她還會不會生。我媽說她認真考慮過這件事，甚至還在想要不要吃伊斯特X。」

「伊斯特X是什麼？」

「口服墮胎藥。」

「有這種東西喔？」

「我媽說她懷孕時藥局有在賣，現在好像停賣了。」

「那款藥是一九九〇年開賣的嗎？」

「對。」美真接著說：「假設因為口服墮胎藥，讓跟我們同年的人少了七萬人好了，但那跟現在大家消失有什麼關係？」

大家一時都說不出話來。

伊斯特X、伊斯特X……總覺得好像在哪聽過這個名字。

「真理，妳要去哪？」

我衝去電腦教室搜尋「伊斯特X」。那是一款曾經上市，後來引發社會爭議而停賣的口服墮胎藥。製造公司是奧桑提易立顯，是爸爸的公司。

我想起爸爸的麵包酵母，想起他年輕時對研發諾卡病毒治療藥物有貢獻而獲頒獎牌，那面獎牌上頭積了厚厚的灰塵。我還想起那個曾經用於研發藥物，後來用來製作麵包的酵母，名叫「伊斯特Y」。

如果說爸爸轉換職場後，世上突然出現前所未有的藥，而那種藥又對我們造成影響，那大家突然消失，就與那款藥的登場有關係了。

這次，我覺得爸爸真的離我越來越遠了。

＊

深夜，我敲了爸爸書房的門，一進書房就不由分說的質問他。

「依斯特X是你開發的吧？」

爸爸短暫沉默後，點了點頭。「那是大約二十年前的事。我奉獻我的青春開發了這款藥，希望能藉此贏得諾貝爾獎。」

爸爸墜入遙遠的回憶之中。曾經做出美味麵包的過去，似乎已經從他的腦海中徹底消失。

「那款藥有什麼道德上的問題嗎？」

根據網路上查到的新聞，伊斯特X只上市一段時間就被禁賣了。是因為安全問題？還是因為有很大的副作用？

沒想到爸爸聽完我的問題，竟氣得大吼：「完全沒有！」

「但不是禁賣了嗎？」

爸爸沉思了一會兒才開口：「那時，我偶然發現會對特定染色體產生反應的酵母，我們把它命名為伊斯特Ｘ。」

爸爸說他當時捕捉到一個訊號，讓他能掌握生殖細胞上是否帶有Ｙ染色體。於是他就利用這個訊號，做出會針對特定染色體做出反應的酵母。經由這種技術做出來的酵母，只會挑選不帶Ｙ染色體的受精卵進行破壞。

「我原本是想用這個技術，開發出治療癌症、愛滋病、新型病毒的藥物，最終目標是一種合成酵母，可以選擇性破壞發出特定訊號的異物質。當然也想過要開發一種酵母，只會對ＸＸ染色體的受精卵做出反應，切斷身體對該受精卵的營養供給。因為當時市場的需求很大，我想這應該能賣錢。」

「受精卵？」

「我用這個技術做出了口服避孕藥。」

能夠辨識染色體，並針對特定染色體做出反應的人工墮胎藥……

「帶ＸＸ染色體的受精卵？也就是說，如果懷的是女生，這款墮胎藥就會把受精卵殺死？」

爸爸點頭。

這是針對特定性別的墮胎藥，只挑選女孩子，扼殺她們的未來。

「你說市場需求很大，覺得能賣錢？」我實在無法冷靜，雙手發抖，全身氣到彷彿在冒煙，甚至感覺血液逆流，整個人要失去理智。

「這種藥跟外面的惡意謠言不一樣，它本身其實很安全，比手術安全很多。做選擇的人是孕婦跟她們的家人，我們只是從旁協助而已。」

我對爸爸大吼：「做選擇的是他們，你就沒有責任了嗎？根本是在胡說八道！」

「我想為以英創造一個新世界，但不管怎麼做，以英都無法在這裡活下來……」

爸爸以媽媽為藉口，開始替自己的所作所為辯解。但無論他怎麼解釋，我都不想聽。

我壓抑著顫抖的聲音問：「那款藥大賣之後，你就變有錢了？變成製藥公司的總經理，然後把世界搞成這樣？」

「對，我想扭轉世界，回到你們還沒出生前的樣子。」

「這是什麼意思？什麼叫我們還沒出生前的樣子？你想讓整個世界倒轉？怎麼會有這麼扯的事情……」我無力地喊著，「為什麼非得做到這個地步？」

爸爸沒有回答。

我繼續逼問：「那我的朋友呢？你怎麼能讓我的朋友都消失？」

沒想到爸爸說出我更難以理解的話。

「計畫B的世界需要這裡，但不需要這個世界的所有條件，所以我做了一點調整，讓這裡變得更像原來的世界。」

勳宇也說過類似的話。他說「世界會變回原來的樣子」。

我俯視著坐在書房椅子上的爸爸，他居然用這種方式任意扭轉世界，是誰決定這麼做的？

「做了一點調整？更像原來的世界？」

我想起學期初教室的情景，想起那些說「這個世界不是為你們而設計」的人。那些人理直氣壯地將我們從這個世界排除，難道他們一直都生活在根本沒有我們的世界嗎？他們口中「原本的世界」就是這個意思嗎？相信這個世界會配合他們的記憶，逐漸調整成他們心中的模樣。

在只有他們的世界裡，世界本該就是他們熟悉的模樣、生活條件本該配合他們的需求。所以他們才會說我們是不同次元的人、是少數、異樣的存在。我們消失，他們才能過得舒適自在，畢竟我們原本就不存在，打從一開始就沒有出生。

依照爸爸所說，我們原本生活的世界根本沒有伊斯特X這款性別鑑別墮胎藥。但基於某種原因，過去突然改變，這款墮胎藥登場，於是女孩子逐漸消失。但過去的孕婦沒有在同一時間服下這款藥，所以大家消失的時間也有所差異。

我想起同學們推測的七萬人這個數字。如果消失的人當中有一個是海拉呢？一想到被納入七萬當中的每一個數字，都代表一個生命的重量，我實在是不知所措。

我該怎麼改變這一切？如果能查到方法，說不定就能以相同方式把這些人救回來。

「爸爸只是盡力做好被交辦的任務，我想負責到底，現在也是用這種心情在做事。」爸爸的話乍聽之下是虛心檢討，實際上只是推卸責任的辯解。

以前爸爸也說過類似的話，不對，只有用詞差不多而已。當時他說身為自營業者，即使陷入低潮，也要負責到底並持續朝頂點邁進。這次他一方面說自己會負責到底，一方面又說只要能賺錢沒什麼不能賣。爸爸的「負責到底」究竟會造就怎樣的結果？真令我害怕。

爸爸身處風暴的中心，把整個世界弄得亂糟糟。

奧桑堤易立顯是間跨國大公司。這次爸爸的人生徹底被顛覆，他當上了公司總經理，現在也似乎無法再隱瞞自己的過去了。

「爸，把世界變回去吧，變回我的朋友們都還在的樣子。」

如果他曾經參與改變過去、如果他知道方法，那他就能夠扭轉這可怕的歷史。爸爸肯定擁有力量，能讓世界產生新的局面。

爸爸一臉疲憊地做手勢要我出去。

「還說什麼要大家一起吃飽飽，過好好……」

我不願意再看到爸爸那張憂愁的臉，於是轉身離去。離去前，我用最冰冷的語調對他說：

「這世界是爸爸搞砸的，你要想辦法負責。」

消失卻沒有消滅的事物

家成了最讓我不自在、最抗拒的空間。一切都因爸爸而起。我一直以為自己只是單純的受害者，只因為爸爸是大公司總經理，才能享有少許的特權，沒想到我身處的陣營竟是最關鍵的加害者。這樣下去我只會變成共犯，卻想不出能找誰商量。

銀星把我找去墓園。

「信的內容，我轉達給妳媽了。」她說。

我看了一眼放在媽媽骨灰罈旁的信，皺起眉頭，沒好氣地問她憑什麼自作主張替我轉信。不知道為什麼，今天就是覺得銀星那充滿感性的語氣，聽起來格外刺耳。

「妳可不可以別把每句話都講得像在寫詩……」

我在等她解釋，她卻把我拉到別人的塔位前。

「妳站在這裡仔細看，等等就會知道真相。」

我越來越火大，但還是雙手抱胸在原地等了一下。

正當我想問她到底在耍什麼把戲時，眼前的骨灰罈竟然逐漸變得透明，最後消失無蹤。原本放在骨灰罈旁的物品也全都不見蹤影。

「剛才那是怎麼回事？消失了！」

銀星問我：「從靈骨塔裡消失，這代表什麼意思？」

「該不會……」

「代表人又活過來了，是我救活的。」銀星滿臉驕傲。

「妳說什麼？」

自從失去身邊的朋友後，我就一直認為消失的事物都會徹底消滅。畢竟我親眼見過一個人的存在被徹底抹除。那像清晨的露水、像微風、像雲絮、像煙霧一樣，在消失後，連存在過的痕跡都遭到抹消的人。

但銀星能把這裡的東西變不見，還說她能將被抹除的人救回來。做得到嗎？要怎麼做？我緊抓住銀星的手臂。

我一直以為自己只能默默承受這一切，但聽見銀星這麼說，我瞬間有了不同的想法。原來消失的人並沒有被消滅，而且有機會復原。光是這個可能就大大改變了我。本來以為那些人是莫名被排除，但現在我能夠期待他們重新回到我身邊。我的世界被徹底翻轉了。

我二話不說抱住銀星，她樂觀的態度透過體溫傳染了我。

「我的信，妳是怎麼交給我媽的？」

「我跟我媽聯絡，我媽媽是婦產科醫生。聽說妳媽媽就是在我媽媽的醫院生下妳的，我媽很快就會去見她了。」

「妳不是在騙人吧？」

雖然無法理解銀星這段話的意思，但我心中有股奇妙的感覺。我跟媽媽有了聯繫，這不只是象徵性的比喻，而是透過銀星與銀星的媽媽，得以跟她真正連結起來。

「等等，那妳是怎麼救活她的？」我看著空空如也的塔位問。

這時，銀星拿出一臺小小的四方型機器。

「這個東西叫 BB Call，是個只能接收語音訊息和發送號碼的東西。我媽媽是醫生，所以很早就開始用了。她說她結婚後，BB Call 就開始收到奇怪的訊息。」

「什麼奇怪的訊息？」

「說是她讀高中的女兒傳來的訊息。」

銀星說，她最近才從媽媽那裡拿到這個 BB Call。我們身旁明明沒有任何人，她卻不自覺壓低聲音。

「妳說妳爸爸的職業變了，對吧？他突然變成製藥公司總經理，那妳家肯定也有能直接跟過去聯絡的管道。」

「這是什麼意思？」

瞬間，我想起爸爸似乎每晚都在跟某人通話的聲音。爸爸一直對電話那頭喝斥，要對方把事情處理好、叫對方別逼他同樣的話說第二次、別浪費他的時間，這樣付對方薪水才有意義等等。爸爸一點也不給對方回答的機會，只是自顧自地說自己想說的話。

爸爸該不會是在透過這種方式，把現在的情報告訴過去那些會聽從他指示的人，藉此讓未來變得對自己更有利？爸爸是不是在對過去的自己下令呢？

「韓國從一九八〇年代後半起，開放使用無線呼叫器。起初只有醫生、軍人、情報員這類從事特殊職業的人可以使用。前陣子國家機密管理局嘗試進行非法監聽，意外發現了能與當年的通訊網路連接的方法，他們就是用這種方式在操控過去，藉此讓未來變得對他們更有利。」

他們掌握了這麼神通廣大的管道，卻與過去極少數的特權階級聯手，利用這些東西顛覆世界，徹底除去某些人、再救活某些人。如果我手上也握有這個管道，我可以跟誰聯絡呢？誰會在聽到我的求救之後，願意幫忙拯救我的朋友？我實在想不到任何可能的對象，內心非常焦慮。

我跟銀星說起伊斯特X。

「是因為我爸做出來的伊斯特X，大家才會消失，我們要阻止我爸。」

「妳回想一下妳爸以前的樣子，他是值得信賴的人嗎？」

我毫不猶豫地點頭。如果是以前的爸爸，那確實能夠相信。

「那就把妳的訊息傳給當時的爸爸，讓他聽見妳的聲音。」

我拚命跑回家，一到家就開始翻媽媽的遺物，想找出她的日記本，我記得曾經在日記本裡看過她抄寫下來的通訊錄。

012-100-5004

就是這個，寫在爸爸名字旁邊，這個 012 開頭的陌生號碼。後面的數字跟爸爸現在的手機號碼一樣，肯定是爸爸以前的 BB Call 號碼。

確認家中沒人後，我偷偷用當初以防萬一而提前備份的鑰匙進入爸爸的書房。一打開書桌抽屜，就看到一支螢幕很大的手機。我打開那支手機，按下爸爸以前的 BB Call 號碼。通訊紀錄上有一樣的號碼，顯然爸爸也曾經聯繫過。我一開始還很擔心會是無效的號碼，沒想到很快聽見電話那頭傳來指示，要我錄下語音訊息。

我趕緊大喊：

「爸！我是真理啊，爸！你快救救我！我的朋友都消失了。他們說睿俊死了，海拉也在我眼前消失了，可是都沒有人要找他們。爸，你要在那邊好好挽回這一切。再這樣下去，可能連我都會死，爸，拜託你了！」

訊息錄好後，便聽到指示要我留下發訊的電話號碼。

8282 505 505 505 505 505 505 505 505……

我不斷輸入 SOS，直到字數達到上限。銀星告訴我，以前的人一定都看得懂這個暗號。

掛上電話後，我開始等待這個世界再一次震動。

爸，拜託你！

但是我等了好幾天，什麼都沒有發生。我明明留下語音訊息了啊！如果銀星說的方法有用，訊息肯定已經送到過去了。可是為什麼沒有任何變化？難道是爸爸聽到了我的訊息，卻選擇忽視嗎？他明知我遭遇困難，仍無法放棄已經獲得保障的未來嗎？

我想到，我聯絡的是過去的爸爸，他肯定不知道我是誰。

幾種可能發生的情況在我腦中盤旋。這世上有幾個能跟過去通訊的管道？私下頻繁與過去勾結的那些人，未來肯定會繼續霸道地把這個世界玩弄在股掌之中。無論我跟銀星再怎麼向過去傳遞訊息，情況都只會越來越糟，我們根本無法阻止未來改變。這些人也會擔心他們溝通的管道被我們濫用，不知道他們會怎麼對付我們。

這種方式根本無法收拾殘局，只要那些人不消失，過去就會繼續被改變。那熟悉又令人生厭的挫敗感再次席捲了我。

記得前幾天到書房找爸爸時，他說這裡是B計畫的世界。那我沒經歷過的A計畫是怎樣的世界？是我死了，而媽媽活下來的世界嗎？如果當初我沒有出生，而媽媽繼續活下來，代替我陪在爸爸身邊呢？一想到這裡，就覺得媽媽跟我似乎是在名為人生的大風吹遊戲中，為了剩下的那一張椅子而搶個你死我活的競爭者。

我試著想像自己沒有出生的世界。在那個地方，海拉、睿俊、智妍還有其他人，都會過著平凡的日常生活。一想像那幅情景，我的腦袋瞬間一片空白。

只要他們都回來，只要大家能夠平安，那我願意承受。願意接受自己被世界抹除。

我去找了銀星。

「我有件很重要的事想拜託妳。」

我們並肩坐在讀書室那棟大樓的屋頂上，我把這段時間思考的一切都告訴她。

「不行。」銀星果決地搖頭。

「我已經傳訊了，卻沒發生任何變化，我爸沒有改變。他現在很頑固，以前也很頑固，所以妳去跟妳媽聯絡吧，讓她阻止我爸。」

我懇求銀星照我的話做，希望她能跟她媽媽聯絡，並把我的話傳達給我們的媽媽。希望媽媽能夠放棄我，選擇她自己的人生，這樣爸爸、我的朋友還有我們每一個人才能回歸正常。

「不管怎麼想，我都只能想到這個方法。我們必須阻止他開發伊斯特X，阻止過去的我爸……」我遲疑了一下，不知該不該繼續說下去。「即使是要殺死我爸……」

銀星搖頭。我明知道這幾乎是在拜託她去殺人，卻還是不斷哀求。

「讓世界變回原來的樣子吧。」

原本默默看著其他地方的銀星，轉過頭來看著我。

「真理，用這種方式也無法挽回一切。」

「我真的沒關係，只要我媽活下來、我朋友可以回來，那這就是最好的方法。讓我們回到那個應該屬於我們的世界，妳也知道的，這裡根本沒有希望。」

銀星重重嘆了口氣。

「我已經體驗過那個世界了。體驗過那個沒有妳、原本的世界。」
「什麼……？」
「在那個世界，妳媽媽活下來了，她沒有生小孩。」銀星用知曉一切的語氣，描述著過去的事。
「後來怎麼樣了？大家應該都過著很平凡的日子吧？我覺得這樣就夠了。」
銀星垂下了頭。難道是那個世界也有問題嗎？
「沒有人回來。」
「就算我爸放棄開發藥物也是嗎？」
一見銀星點頭，我就想起動宇說過的話。
「我們那邊的變態都自殺了，在那裡，妳跟其他人根本就不存在，原本的世界就是這樣，妳遲早也會懂。」
「為什麼？到底為什麼？」
我雙腿發軟，整個人跪坐下去。我感覺整個世界都在旋轉，我完全站不起來。

不喜歡女兒的世界

我必須親眼確認。我一回到家便立刻往地下室衝去，我想起一群一群的人從地下室冰箱冒出來的情景。如果是人們從原本的世界，來到這個被稱為B計畫的世界……

雖然不知道能不能反過來去另一個世界，但我還是衝進那個房間唯一擺放的冰箱，用力把冰箱門關上。冰箱裡空空如也，什麼也沒有。我靜靜躺下，冰冷的黑暗包圍了我。我平時可是個連搞笑驚悚電影都不敢看的膽小鬼，但在冰冷的黑暗之中，卻意外感到平靜，彷彿是在提前體驗躺在太平間裡的感覺。一想到我已經死過很多次，就覺得我這個想法似乎也沒錯。或許最可怕的地方不在別處，就是這個此刻包圍著我的世界。

如果能去到原本的世界，在那裡見到爸爸，我想對他發脾氣。我想質問他，有沒有話想跟過去的自己說，也想深究為什麼就連在那個原本的世界都要把我們抹除。我冷得打顫，一陣睡意襲來。我好想握住誰的手，希望能感受到人的溫暖。

沒過多久，我感覺有人拉住我的手臂。

「妳沒事吧？」

我感覺有人正拿著溫熱的水瓶不斷溫暖我的身體。

「我已經叫了救護車，妳等一下。不過妳是怎麼跑進來這裡的？」

我聞到甜蜜又熟悉的味道。我緩緩睜開眼睛，是爸爸帶著那令人懷念的親切微笑低頭看著我。

我一把抱住了他。「爸……爸！」

沾在爸爸身上的麵粉飛散開來。這裡是學校前面十字路口處的真理麵包店，我從廚房的冰箱掉了出來。

「哎呀，妳沒事吧？」

爸爸像是在安撫離家出走的青少年，一邊溫柔的哄著我，一邊慢慢推開我。

「我常聽別人說我跟某某人長得很像，可能是因為我比較大眾臉吧。」爸爸對著我身後的某人說。

我轉頭一看，發現一名女性正怒目瞪視著他。

「啊……！」我立刻跳了起來，二話不說抱住那名女性。「媽！媽！」

我本來想不管三七二十一先發脾氣再說，追究爸爸的責任，要他把亂七八糟的世界恢復原狀。但親眼看到他們兩人出現在我面前，我就什麼都忘了。

我哭了好久，他們則在一旁陪著我，我還吃到睽違已久的鮮奶油可頌。他們把我扶起來，並讓來現場待命的救護車離開後，溫柔地問我有沒有辦法自己回家、怎麼會在冰箱裡、知不知道回家的路。其實我也很想知道自己該去哪裡、該怎麼去。

「我們已經請警察來了。妳再告訴他們發生什麼事，如果有我們幫得上忙的地方……」

「我得去找朋友！」

我挺直了身子，向他們鞠了個躬，沒多說什麼便趕緊離開真理麵包店。

我快步跑著，先去了睿俊家，發現那裡變得比我跟海拉之前去的時候更加荒涼，完全感覺不到一絲人的氣息。我立刻調頭往海拉家的烤腸店去，見到她爸媽劈頭就問海拉人在哪。看似是海拉父母的老闆夫妻顯得有些慌張，只是對我搖了搖頭。我跑去智妍家，敲了她家的大門，那對夫妻也說自己沒生小孩。

我去網咖查奧桑提易立顯，發現那是一間中小企業，而伊斯特X這款藥物根本不存在。不過即使沒有這款墮胎藥，這個地方的人也會自主選擇放棄小孩。

我看了新聞報導、部落格文章以及人們留下的紀錄，發現這個「原本的世界」背後隱藏了一些故事。這裡發生了一連串難以置信的事。

一九九〇年，白馬年，韓國將這一年出生的孩子稱為「白馬之子」，好像跟什麼生辰八字有關，是其他國家少有的概念。在使用十二干支記年的東亞國家當中，也只有韓國才使用這種名叫六十甲子的記年法。人們認為白馬年出生的女孩八字不好，個性固執且不聽話，所以會避免在那一年生女孩。即便當時在產前做性別鑑定不合法，人們還是會私下進行。

我想起跟漫畫研究社的人一起看的那份出生人數統計資料。跟一九九一年相比，一九九〇年的出生人數少了約七萬人。顯然那一年，人們拚了命拒絕生產。秀延的猜測沒錯，這一年被壓下去的數字全都轉移到隔年了，只因為人們迷信在這一年出生的女孩會固執不聽話。

這太誇張了，如果在一九九〇年十二月三十一日出生就得死，在一九九一年一月一日出生就能活下來囉？還要配合換日線？只因為「白馬年」這種韓國特有的算命理論，就隨便決定了人的生死。

這些報導令我目瞪口呆。據說當時的人甚至會為了求生兒子，把濟州島石頭爺爺的碎片磨成粉泡水喝，或是找巫師來做法事。鐵、磷、綜合鈣片、綠色果凍還有能生兒子的內褲，只要是跟生兒子扯上邊的東西，銷量都一飛沖天。媳婦要是生下女兒，會被當成家族的罪人。爸爸跟動宇說這裡是原本的世界，我看根本是個讓他們恣意妄為的地方。

當時產前做性別鑑定不合法，因此健保不給付。多虧了這一點，醫院將性別鑑定設定成大手術，藉此賺更多錢。為了抹殺一個女孩，社會真是動員了所有迷信與科學手段。當時用的鑑定方式是利用精子泡進白蛋白後，帶有Y染色體的精子會浮起來的原理，將能生男孩的精子分離，再利用這些分離出來的精子進行人工或體外受精。手術的名目是預防可能透過X染色體遺傳的血友病等疾病。沒想到科學竟然會為了人們的迷信而服務，聽起來多像未開化的社會才會發生的事，卻在韓國這種高學歷、高所得的地方真實上演，更讓人難以置信。

「太過分了……」

當時女人懷孕後，周遭的人都會拚命勸她們去做性別鑑定。人們會替孕婦熬煮能生孩子的昂貴韓藥，也會提供女性一些不知是否科學、但謠傳能使特定精子著床的受孕法。還會搭配各種食療、民間療法。孕婦花費金錢、時間與熱情懷上孩子，卻在聽到醫院說「會生下一個漂亮的孩子」時感到洩氣，只因醫院說的不是「帥氣又可靠的孩子」。如果懷的不是男孩，孕婦大多會選擇中止妊娠。

為什麼非得做到這個地步？我在新聞跟部落格中找到了答案，因為這是個偏好男孩的世界。這世界就這麼討厭女孩嗎？鎖定消滅女孩，在這裡是可以接受的嗎？

但在特定的年度，想方設法選擇性清除即將出生的女孩，分明是整個社會集體的決定。實在令人髮指，行徑更是愚蠢無比。但無論是在我出生之前還是之後，無論活在哪個次元，我們都是國家嘗試抹滅的對象，都沒有改變，也沒有人為此道歉。

就跟銀星說的，即使阻止了爸爸開發藥物、甚至殺死爸爸，或是乾脆放棄我的人生、放棄我的世界，也不會有人回來。

夜越來越深，我無處可去，只能呆坐在公寓社區的入口。

「妳找到朋友了嗎？」

我往聲音的方向看去，是媽媽。我搖了搖頭。

「是妳傳的吧？以前的那個語音訊息？」

媽媽還記得我傳到過去的訊息。

「8282 505 505 505……原來是妳。」

爸爸沒有回應，媽媽卻記得很清楚。我站起來看著她。

「我一直以為那是一通打錯的電話。我一直想不通妳為什麼要傳訊息給我們，也想不通為何妳會叫我老公『爸爸』。我一直很想知道，妳過得好不好……我一直很擔心。」

雖然已經過了很久，但她還記得。

「前陣子有人告訴我真相，我才終於知道為什麼妳要打給我們。」

「這個世界可能已經打定主意要袖手旁觀了吧。」我無力地笑了笑，嘆了口氣。

本以為適者生存就是這世界的法則，實際上卻是能生存下來的人，並不表示他們真正適應了世界，而是因為他們在這個連規則都不透明的遊戲中獲得了勝利。一想到未來還會繼續有人拿我的生死來決勝負，就讓我頭昏眼花。在這個絲毫沒有改變的世界，我能撐到什麼時候？

媽媽看著我，我也看著她。未來再過二十五年，她應該還會是長這個樣子吧？我覺得好像在看二十、三十年後的自己。

「妳真的跟十八歲時的我長得一模一樣。」

我們正透過彼此，看見自己的過去與未來。

「在那裡妳是不是沒有媽媽？是不是常有人說妳很可憐？還會問妳冒失的爸爸有沒有把

妳照顧好？」

我搖頭。我跟一般的小孩不一樣，我會在心裡嘲笑說這種話的人。

媽媽安慰我。「妳很年輕，不要這麼悲觀。我不是想叫妳忍受這些痛苦，只不過如果妳這麼早就對人生絕望，那未來不就有很長一段時間要過得像行屍走肉嗎？」

媽媽是在用她自己的方式替我加油。

「過了這麼久才發現妳的訊息是在向我求救，妳知道我有什麼感覺嗎？我一想到還有機會能救妳，就覺得好開心。」媽媽用更加堅定的語氣說：「我們來把大家找出來吧。」

找誰？怎麼找？誰能理解我們的處境？

「肯定還有人在等待救援，我們可以把他們找出來。肯定還有跟我們一樣的人，待在這世上的某個角落。」

「沒有了，誰都不在了，我的朋友也全都消失了。」

說完這句話，我哽咽起來。根本沒有人願意出面解決問題。

「還是再想想吧，只要能找到一個人就好，只要能夠找到那個人，妳跟那個人就能再一次建立『我們』。」

當她說只要找到一個人時，我瞬間想起海拉，媽媽肯定也想起了誰吧。也許就在我們說話時，我跟媽媽都已經把彼此納入「我們」的範圍。媽媽跟我不是競爭對手，不需要在人生這場遊戲中搶奪剩餘的位置。事實恰好相反。我們已經是生活在不同次元的朋友了，能為了彼此犧牲自己。我們都是為了現在這一刻的相遇，才努力活到現在。

「我想要盡可能懷抱希望。試著相信，只要我們不悲觀，世界的錯誤就有機會被糾正。」

媽媽似乎是個非常堅強的人，比親戚記憶中的模樣、比遺留下來的日記本裡所記述的內容都更加堅毅。

此刻，我看著過去的自己，而她看著未來的自己。雖然這是我第一次親眼見到她，但我覺得她就是我真正的家人，並不是因為我們血脈相連，更不是因為我們一起生活。

「我們要怎麼辦？我們可以一起住在這個世界嗎？妳是不是要去報戶口？」

我搖搖頭。我不想住在大家不會回來的世界，也不想讓爸媽到了這時候才要負起養育的責任。畢竟在這個世界裡，我不是他們選擇的結果。

媽媽把她的計畫告訴我。她說要找出更多有相同遭遇的人，召喚這些人出來。我也說了自己的計畫，我要回到我的世界，試著跟更多有相同遭遇的人接觸。

「就賭一把吧，世上肯定還有跟我們一樣的人。」

當我感到無依無靠時，就遇見了那一個能依靠的人，所以我想，這世上肯定還有許多人跟我有相同的遭遇。我想再相信一次。

爸爸發現了我們，從遠方揮著手跑過來。

*

我披上厚重的棉被，帶著一堆暖暖包跟保溫瓶進到店裡的冰箱。媽媽每一分鐘就開門一次。

「會冷就說。」

其實我熱到都出汗了。接下來換爸爸開門。

「按這邊門就會開，妳可以自己從裡面出來。妳想回來的話可以再來，我會把這一格空下來。」

媽媽用力拍了爸爸的背。「她就說這樣不能解決問題啦。」

我握緊錄有爸爸聲音的手機，裡頭錄下了爸爸要對過去的自己說的話。我本來想睡一下，但他們兩人一直輪流把門打開查看我的狀況，害我實在睡不著。

後來，吵雜的四周開始變得安靜，我漸漸回到我家的地下室。

從來沒做過的事

暑假開始了，這個令我失去許多事物的學期終於結束。八月，保守黨的總統候選人當選後，爸爸更加忙碌，每天都有許多人到書房拜訪他。

雖然他只是照著指示去做，卻因為他對工作腳踏實地又誠懇熱情，而逐漸把這個世界毀掉。

我趁著沒人的空檔，小心翼翼地溜進書房，把接通我房間電話的那支手機，偷偷藏在爸爸書桌的抽屜深處。我得弄清楚爸爸在書房裡究竟在做什麼。

沒過多久，我便聽到一陣吵雜聲，然後是爸爸接待客人的聲音。我把自己的鞋子藏起來，躲回自己房間。

「您要做的事情還很多，需要保重身體。」

「那真是個黑暗的時代，撐了十年，大家都辛苦了。」

「來為新時代做準備吧！」

在一連串跟籌措祕密資金有關的無聊對話後，他們的對話內容開始變得非常古怪。

「這個地方啊，人口增加了不少耶，怎麼做到的？」

某個人向爸爸提問，也勾起了我的好奇。我把耳朵用力貼緊聽筒，聽筒壓得我耳朵發疼。

「我做了一些調整，開始賣一些消除月經、同時能延長生育年齡的藥，這種藥促進了婦女懷孕的比例。」

「哇，居然有消除月經的藥？女性消費者肯定很開心。」

「不只能消除月經，生育年齡還大幅延長了呢。」

「所以現在連老奶奶也能生小孩了，女人們一定會驕傲得不得了。這種藥的原理是把停經的時間延後嗎？」

「是替她們補充在停經後還能生產的血漿跟荷爾蒙，是一種重新刺激排卵的方法。」

「原來如此。」

「我們得阻止大韓民國滅亡，這可是我們好不容易守住的祖國啊。」

現場又有另一個人提問：「但如果這裡的年輕女性硬是不肯生，那這裡也會滅亡吧？」

「這次當然要好好引導她們。要提供育兒津貼、還要推動針對孕婦的政策，不然就拍部電影，宣傳一下當媽媽是多美好的事。」

「唉！這群人真是很難伺候啊……」

「這些女人真的很自私，都只想到自己，一點都不在乎國家可能會滅亡。」

我很懷疑自己的耳朵。他們說要增加這裡的人口，避免大韓民國滅亡？方法竟然是把具生育能力的女性當成是生孩子的機器。

「那人工子宮的第三次試驗什麼時候會結束？」

「下個月。」

我摀住自己的嘴，避免自己因為太過驚訝而尖叫出聲。

「以人工子宮生下的孩子，壽命希望可以設定在四十歲左右，讓他們為國家奉獻後，在合適的時機退場。壽命有辦法設定嗎？」

「這部分我們再研究看看。」

一個老邁的聲音說：「真不知道那些人這麼拚命，到底是想要享受什麼榮華富貴？」

「應該讓她們知道『妳在做的事情沒什麼了不起』，也要讓她們知道自己未來都會被取代。」

「但也不能完全沒有她們啊。」

「就是為了取代她們，我們才會花大錢開發人工子宮嘛。」

會議室裡頓時充滿笑聲。我渾身發麻。

「不過，這個世界的女孩子裡，是不是有一個會大大威脅我們世界的人？」

「這不是蔡老闆你創造出來的世界嗎？好好調整一下吧。」

爸爸唯唯諾諾地開口：「我們需要一個大韓民國不會滅亡的世界，所以才開始增加人口，我也正努力調整中。一定會好好挑選，只留下符合各位理想的人。」

好好挑選？只因為我們會威脅到他們未來的權力，所以要在出生之前就把我們消滅嗎？他們未來不會只鎖定特定的目標，而是要把我們全都殺了？

我立刻把書房裡的祕密會議告訴了銀星。

「他們說九〇年出生的女生裡，有人會威脅到他們的權力。他們打算調整過去，製造出新的藥，要在那個人出生前就把她消滅。」

我們兩個氣到好一陣子說不出話來。

「他們還在籌措祕密資金，進行開發人工子宮的試驗。這樣一來，即使除掉會吵鬧的女生，也不必再煩惱生小孩的問題……」

光是把聽到的話轉述給銀星就令我作嘔，感覺連我的嘴巴都變醜陋了。

「對他們來說，女生就幾乎等同於子宮而已吧！認真工作、生活的人，在他們眼裡也不過只是機器人。」

「這群自稱憂心韓國未來的人，想法跟行動力都有別於一般人。只要無法在一個世界裡享受特權，他們隨時都能放棄那裡。」我嘆了口氣。

「他們跟過去勢力有很緊密的連結。這些事情真的好荒謬，實在不敢相信這真的發生在二十一世紀，我只覺得時代好像在倒退。我們得睜大眼睛盯著，總有一天過去會再度被召喚，會繼續對現在與未來造成影響。」

沒錯，這個世界不停倒退，不回應人們對未來的渴望，反倒毫不猶豫地朝過去前進。

我想繼續觀察這個小國究竟打著什麼算盤、夢想什麼樣的未來。

這樣的國家，是不是可以乾脆從地球上消失？這裡的居民缺乏想像力，無法想像來自其他國家的人移居至此，在這塊土地上一起生活。腦子裡只有醜陋的民族優越感，成天想著要留下自己的血脈，甚至還打著民族主義的大旗，毫不掩飾自己的繁衍慾望。這裡住的盡是以韓國這個父系社會為優先的種族主義者、歧視主義者，我卻必須在他們對未來的規劃中求生存。

「現在該怎麼辦？」

「雖然不知道他們能多果斷地捨棄這個世界，但我們無法輕易放棄這裡。這裡是我們重逢的世界，現在，來把它打造成屬於我們的世界吧。」

我看著銀星。

「讓我們徹底終結這些可怕的事情，這裡會變回我們原來的世界。」銀星帶著笑容，輕輕舉起拳頭。「把大家都叫來，向他們復仇吧！」

銀星的話就像漫畫裡的主角臺詞，漫畫裡的主角總是有些弱小、畏縮、冒失，最後卻能拯救世界。

我們拿出各自調查好的名單。

*

一九九〇年

「老婆，又有奇怪的訊息耶。」

下班後，必臨把傳到公司 BB Call 的訊息拿給以英聽。

如今必臨在製藥公司的前途，可以說是一帆風順。

以英跟必臨一起聽了這則留言，留言的人跟上次一樣，卻比上次冷靜許多，聲音中帶著超然的平靜。

「爸，我是真理。我是你的女兒，蔡真理。你在那邊還沒認識我吧？所以不知道我是誰。在這裡，媽媽生下我後就過世了，只剩下你跟我兩個人生活。」聲音停頓了一會，接著說：「還記得你為我們家定的家訓嗎？希望大家一起吃飽飽、過好好。就是因為這樣，你才討厭媽媽最喜歡的歌，就是卞真燮的〈蘿拉〉。因為裡面有一句歌詞是『你一個人該有多孤單』，這完全違背了我們的家訓。但我覺得是因為媽媽太喜歡卞真燮了，你嫉妒他，才會說這種話吧？」

電話那頭的聲音，開始詳細描述他們當年求婚的情景。

「爸爸，你是真理麵包店的老闆，是一個自營業者。你說雖然人生會定期遭遇低潮，但還是每天都努力朝頂點邁進。你做的鮮奶油可頌真的很好吃，會不惜成本包很多奶油，害我們家的麵包店老是虧錢。」

電話那頭的女孩，嗓音逐漸變得堅毅。

「爸，我比預產期要早兩天出生。我天生個性就很急，所以我想現在休息一下也不是壞事。我出生那天，你因為店裡太忙，沒接到媽媽的電話。我知道那一直讓你耿耿於懷，所以這次，你一定要待在媽媽身邊。產婦跟小孩之間，請你務必選擇救產婦。我已經跟爸爸一起共度這麼多年，這樣已經足夠了。

「還有奧桑提易立顯。爸爸如果去這間製藥公司上班，你會做出很可怕的事。說不定一年就會有七萬人……不，可能會有比這數字更多的人消失。爸爸會成為走在時代尖端、卻創造出一個即使我們這些人消失，也不會有任何人有罪惡感的世界。

「爸爸，你可以放棄我，但你一定要救救大家。你已經實現了很多事，所以拜託你，親手重建那個世界吧！一個大家都能吃飽飽、過好好的世界……」

以英跟必臨呆看著電話半晌，然後又看了看彼此。

「老公，你現在在開發的新藥叫什麼？」

「伊斯特X，是會對染色體有反應的合成酵母。」

「不能放棄那個研究嗎？」

必臨勃然大怒。「胡說什麼！這研究花了多少錢啊！要不要繼續開發不是我能決定的，妳也知道啊！」

這款新藥已經到了快完成的階段，未來甚至有機會角逐諾貝爾獎啊！

「但她說會有很多人死掉啊。」

「老婆……其實我開發的是口服避孕藥，這是最高機密，我不該跟妳說的……」

「所以呢？」

「這是一款能拯救產婦的藥。」

「你說會對染色體有反應是什麼意思？」

「我不能告訴妳。老婆，如果我拒絕繼續開發，我也不知道接下來會怎麼樣……我只是一個小小的研究員啊！」

「你之前不是說能參與經營讓你很開心嗎？這訊息說你後來會變成這間公司的總經理耶。」

「哇，如果真能這樣，那我就死而無憾了。」

「這是值得開心的事嗎？難道不是因為你沒辦法替自己的作為善後，才會有這封訊息嗎？」

「拜託，就讓我當總經理嘛！我絕對會做得很好！寶貝，妳也知道，我最有責任感了啊，說到責任感，我絕對不會輸任何人。畢竟沒了責任感，蔡必臨就不是蔡必臨了！」

以英不安地看著老公不停吹噓自己。

*

幾天後，必臨的BB Call又收到一封奇怪的訊息。

「以英，我是生活在二〇〇七年的妳。會有個女孩傳訊息到必臨的BB Call，那不是打錯，也不是詐騙。妳一定要聽那孩子的話，並且照她的話去做，因為那也是在拯救未來的妳。千萬不要忽視這個求救訊號，別讓自己一輩子良心不安。」

必臨懷疑這是某人的惡作劇，對方很可能變造了聲音。聽到自己聲音的以英雖然覺得非常奇怪，但仍意識到絕對不能再忽視這些訊息。

隔天，以英拉住準備上班的必臨說：「老公，我們要不要試著改變一下？」

「妳在說什麼？我開會要遲到了。」

必臨沒把以英的話當一回事。

以英沒有放棄，她提高音量說：「她們說因為你未來發生了很可怕的事耶，你要怎麼承擔這個責任？如果真是這樣，那我可無法繼續待在你身邊。」

必臨大大嘆了口氣，「老婆，妳知道自己在說什麼嗎？這是要我們放棄一直以來的人生規劃耶。我們的房子怎麼辦？貸款呢？妳以為自己開店很簡單嗎？如果在這裡放棄，我們可能會過得很窮、很慘。」

「就算真的很窮，也不至於多慘吧。我們的女兒年紀還那麼小，就千方百計要聯絡爸爸，還說可以放棄她的生命，只求你救救她朋友，你不覺得讓她過那種人生比較悲慘嗎？都已經收到警告了，還要朝失敗的結局前進，那才叫悲慘吧！」

必臨閉口不語了一會，才緩緩開口：「老婆，妳知道贊助我們的人有多可怕嗎？」

以英直視先生不安的雙眼。

「我們一直都不曾懷疑自己做的選擇，認為這是理所當然的，但如果我們現在嘗試去過新的生活、去選擇那些沒嘗試過的事，那我們的未來就會不一樣。」

以英很想改變。她想試著避開過去那些不假思索的決定，渴望人生能抵達不同的終點。她想將有了些許改變的世界，交給未來將要出生的人們。

「錯過現在，就更無法回頭了，我們得立刻決定。」

兩人站在玄關時，必臨又收到一封訊息。這次是來自二〇〇七年的必臨，在那裡，必臨是真理麵包店的老闆，他也說了跟以英一樣的事。聽完這封訊息，必臨癱坐在地上，雙手抱著頭。

就在這一刻，敲門聲響起。

「哪位？」

以英掛上門鍊，將門拉開一個小縫，探頭向外看去。

「崔以英小姐住這吧？」

「請問您是哪位？」

「我是A綜合醫院婦產科的主治醫師林珠英。」

「婦產科？」

「我的BB Call收到訊息，我女兒要我來這裡看看。這件事可能會讓妳一頭霧水，但我想告訴妳，我現在懷孕三個月了。」

以英開門讓珠英入內，必臨跟以英都向公司請了假。珠英表示她收到一封訊息，來自一個叫銀星的孩子，內容是一個叫蔡真理的女孩寫給她已故媽媽的信。這封信的內容，也能跟他們過去收到的訊息拼湊在一起。

三人把BB Call放在桌上，靜靜看著BB Call螢幕上顯示的數字。

8282 505 505 505 505 505……

505，SOS，是求助的暗號，以英看著這串數字想。事情還沒發生，可以透過她和必臨的選擇，避免最糟的狀況上演。她無法想像必臨當上公司總經理的未來。他們夫妻都是平凡人，絕不可能闖下什麼用盡全力也無法善後的大禍。她想這麼相信，她無法想像自己的平凡將有可能成為巨大的邪惡。

看見以英複雜的神情，珠英說道：「我正在寫胎教日記，等銀星出生，我打算把這本日記送給她。」

珠英在日記上寫下，她對未來要跟女兒銀星一起面對的世界充滿期待。

「在BB Call留下訊息的那個孩子說，她之所以能想像另外一個世界，都多虧了媽媽留下的日記。我想她應該是讀了我的胎教日記，所以我無法把那當成惡作劇電話。」

以英與珠英看著彼此。如果不希望自己的選擇造就巨大的邪惡，那就必須好好檢視彼此的作為。她們必須想像自己每一刻的選擇，對未來的人們都會是最好的結果。她們看著彼此，想像那些已經覺醒的人團結一心，創造出另外一個世界。

以英點了點頭。這是警告，要她們千萬別後悔。要她在因為難以忘懷而感到自責前、要她在因為無法守護孩子而悲痛萬分、感到抱歉之前，必須試著解決問題的警告。這或許也是個機會，讓她不去做會讓自己後悔的事，讓她有機會能保護某個重要的人。

就在這一刻，玄關再度傳來敲門聲。

「哪位？」

以英一開門就嚇得瞪大了眼睛。

一個、兩個、四個、六個……門口站了好幾個人。有些是即將臨盆的孕婦，有些是年老的男性。

「我收到訊息。」

「我女兒要我來這裡。」

「我收到了一個女孩的訊息，才避開了一個很大的意外。是我的孩子把我送到這裡來的，她拜託我，要我阻止會讓她消失在這世界上的事情發生。」

「她說不能去研究輕易消滅女孩的方法，這是什麼意思？安樂死的藥物開發出來了嗎？只挑女孩來殺，這是有可能的嗎？是誰說的？」

這些人都接收到陌生人傳來的訊息，來到這裡想守護某個重要的人。即使這些訊息無比荒謬，他們仍無法一笑置之，每個人都有相同的想法：我們不能忽視他人發出的呼救、不能放任有人消失在世界上。即使最後終究會失敗，但只要我們有辦法避免失敗的結局，那就要想辦法解決問題，讓我們一起保護孩子……

懷念的風景

我又一次留了一封長長的訊息給爸爸，然後回到自己的房間。我冷靜地向他說明了整件事，不曉得他能不能明白我的意思。

如果這次也沒有任何改變，那該怎麼辦？會有其他機會、其他管道嗎？我必須像在下黑白棋一樣，要想辦法讓棋子一再翻轉嗎？

就在這一刻，我再度感受到過去曾發生過的震動，我的心開始劇烈跳動。

眼前的景色正在改變，過往的記憶像跑馬燈一樣在我眼前閃過。

「爸爸……！」

過去正在回應我們。我們苦苦尋找的那些人，另一個世界的我們……

周遭的景色徹底改變了。震動結束後，我發現自己身處在一個陌生的地方。我立刻拔腿往學校的十字路口跑，終於看見真理麵包店的招牌出現在眼前。

「爸！」

我推開店門衝了進去，只見昏暗的工作室內，爸爸正失落地站在冰箱前，他的臉色有如天塌下來一樣糟糕。

「完蛋了，一切都結束了。」

我走過去緊緊抱住爸爸。「爸！我一直都相信你！」

爸爸無奈地嘆了口氣，然後看著我。我大力拍了一下爸爸無力的背，然後拿起幾個鮮奶油可頌，準備離開麵包店。

「妳要去哪？」

「去找我朋友！」

我大步走進那無比懷念又熟悉的風景之中。

我爬上隔壁社區的低矮山丘。無數看不見的足跡在前面引領我，因為有那些人，我才能踩著如此平凡的步伐。現在我不必每天早上拿油性筆把名字寫在手心上，也不會輕易遺忘那些名字了。每一件事、每一個人，都清楚留在我的腦海中。

我到睿俊家的社區走了一圈。當時買麵包的小超市、洗衣店、文具店，那些彷彿會永遠在那的景色依舊。人生在世都會需要吃、穿，學生也會一直需要新的文具，這些店家想必不會那麼容易消失吧。雖然它們也可能會背叛大家的信任，突然從眾人的視線中消失。我看著眼前這些可能會持續到永遠，也可能轉瞬即逝的風景。洗衣店裡正專注揮汗工作的大叔，看起來很像之前遇過的那名社區巡守員。

我站在門口觀望了好一會兒，悄悄盯著圍牆內那些比以往多上許多的盆栽。那似乎是花了很多時間才建構出的景色，與我記憶中的模樣截然不同。玄關門上方有著設計簡潔的紅色屋簷，烈日當頭時有如一把遮陽傘。院子一角放了三張小小的露營椅，我能輕易在腦海中勾勒出他們一家三口會趁著天氣好的時候，一起坐在院子裡整理盆栽的模樣。

「是誰？」

我趕緊鞠躬問好。「阿姨，我是睿俊的同班同學，蔡真理。」

「進來喝個飲料吧。」

下一刻，睿俊家的大門打開。

「真理！」

睿俊的聲音率先衝出了門，然後我才看見稍微比大門更高一些的睿俊，微低著頭從屋內走出來。

「睿俊……！」

「妳怎麼會來？」

我努力讓自己保持冷靜，否則我會一把抱住睿俊大哭。我可能會大罵他為什麼要一聲不響搞消失，甚至會忍不住動手打他。可是我已經練習了很久，讓自己熟悉在跟睿俊重逢的這一刻該有什麼反應。雖然此刻，我仍然要壓抑自己顫抖的聲音，但除此之外一切都跟我想的一樣。雖然不如練習時那麼完美，但我努力讓自己用最自然的態度回應他。

「最近有發生什麼怪事嗎？」

我的反應似乎讓睿俊感到疑惑。

「妳跑來我家就是一件怪事啊。」

我坐在睿俊家的小院子裡喝柚子茶。

「媽，這好漂亮喔。」睿俊看著盆栽感嘆。

睿俊的媽媽輕鬆地答道：「我覺得我寶貝兒子好有眼光，應該要去讀藝術。」

睿俊媽媽的話，好像濃縮了一段漫長的歷史。

這次，我希望自己能成為可以讓睿俊打從心底相信的朋友，我希望自己不再是以外表計較資格的人。我想要打從心底稱讚朋友，鼓勵他追求真實的自我，而且可以不再靠海拉幫忙解釋，就能說出讓睿俊感覺得到支持的話。

我們一邊替盆栽填土、一邊聊天，跟他一起做這種日常的小事，讓我覺得像在他的生命裡加了一點我的痕跡。睿俊準備跟媽媽一起去購物，我向他揮了揮手，便往海拉家去。

秋天的氣息越來越濃厚，天氣有些陰沉，又帶著微微的寒意。我慢慢加快腳步，用乍看之下是在快走的速度，讓自己不著痕跡地跑起來。

我越跑越喘。這段時間裡，我似乎變得更擅長跑步，因為我曾經逃跑、曾經追趕，也曾經狂奔在大街小巷追尋睿俊與海拉的痕跡。每次胸口悶得發慌、腦子一片混亂時，我都會去跑。

我也曾經想放棄，因為覺得我的奔波都是白費力氣。但現在一想到我是為了這一刻而跑，便覺得有些欣慰。能來到這裡真好，我覺得自己很了不起。說不定未來每一次跑步，我都會想起這一刻。當我覺得一切都毫無意義、不如放棄的時候，我都會想起即使喘得上氣不接下氣，也從來不曾停下腳步的自己。

我來到海拉家門口，試著調整呼吸。

「跑成這樣，妳是真的要去考體育大學喔？」

我聽見海拉的聲音從身後傳來。她臉上的表情就跟那天遞手帕給我時一模一樣。尋覓了這麼久，我終於和海拉重逢了。我想念她那張始終如一的臉，我曾經以為我永遠只能想念。

我把小心翼翼收在口袋裡的世界盃紀念手帕拿給她。雖然只是條常見的廉價手帕，卻濃縮了我們共享的回憶。在她接下手帕的那一刻，我們平凡的日常就成了極具歷史意義的瞬間。

「我用熱水煮過了，還煮了兩次。」

「哇，真好聞。」海拉拿起手帕放到鼻子前面聞了聞。

我感覺到一股夾雜著甜味的熱氣，看了一眼她手上的黑色的塑膠袋，便笑了出來。

「不知道為什麼，覺得妳好像會來，就買了兩人份。上來吧，我們在年糕裡加點泡麵一起吃。」

看到海拉一如往常，我鬆了口氣，但隨即又有一股委屈湧上心頭。

「妳怎麼都沒打給我？不是說好有事就要打電話給對方嗎？」

如果是平時，海拉肯定會抱怨，說我講這種話很肉麻。

果不其然，她忍不住嘀咕：「什麼啦，很肉麻耶。」

「如果是平時」這幾個字用在這裡，實在再貼切不過了。海拉的反應讓我笑著哭了出來。

「妳怎麼哭了？幹麼啦？」

海拉看見我哭，也忍不住紅了眼眶。我很確定，眼淚會傳染。如果身邊的人也很容易被情緒影響，那傳染的速度就更快了。

「就算沒什麼事也要常打電話聯絡啦！」

「妳不是說就算是好朋友，也不要每天黏在一起嗎？還說要維持適當的距離比較好！」

「我是說『適當的距離』啊！又不是叫妳無條件保持距離！那樣就不是好朋友了嘛！」

我哭著指責她。

「妳今天怎麼這麼囉嗦啊？」

我把海拉的手帕搶過來擤鼻涕。

「髒死了！」

我一把抱住海拉。

「很痛耶！」

以後就算妳趕我走，我也不會主動離開妳。就算妳嘴上說沒關係，我也絕對不會安心，我會一直煩妳。就算沒事，我也會拿沒有內餡的乾麵包來丟妳的窗戶。每當妳覺得人生苦澀，我會帶甜甜的奶油麵包來跟妳一起吃。我要跟妳一起吃遍所有垃圾食物，所以妳也要繼續來煩我。

即使外頭的陽光一點也不明媚燦爛，即便天氣不溫暖和煦，辣炒年糕甜甜辣辣的滋味，仍成為一股小小的暖流，逐漸爬遍我的全身。

*

隔天早上，我一邊穿鞋，一邊觀察放在玄關的「成功消滅諾卡病毒功勞獎」獎牌。不知為何，總覺得獎牌的設計似乎變華麗了。

我記得過去沒有頒獎典禮的照片，現在卻看到爸爸把照片掛在玄關炫耀。如今，諾卡病毒就像結核、水痘、肺炎、腦炎等疾病一樣，需要特別接種疫苗。那是曾經每年讓兩千名兒童喪命的新型大腸炎，但如今再也沒有孩子會因此死去。爸爸隸屬的研究團隊沒有申請醫藥專利，而是無償公開藥品資訊，這也使他們獲得政府頒發的功勞獎。人們都說他是拯救無數嬰兒的正義科學家，家裡還有個箱子，專門用來放那些用這些藥成功拯救孩子的家庭寄來的信。唯一不變的是，獎牌依然積了厚厚的一層灰。

「這灰塵也積太多了吧！這個獎就跟得諾貝爾獎一樣光榮，應該要拿出去到處炫耀才對！應該每天拿出來擦才行！」我用衛生紙把上頭的灰塵擦掉，並對著在家裡的爸爸大喊：「我出門囉！」

崇林高中變回男女合校，校園也比以前更大了。我看見季秀跟一群人吵吵鬧鬧地進電梯。季秀比以前更開朗，校園內也有了更多無障礙空間。

鐘赫還是跟以前一樣吵。他在教室後面大談他交女友的「馬其諾防線」，我覺得那聲音聽起來好像動宇。

「喂、喂，這裡不是讓你們這些人囂張的……」

每次聽到他們說了不中聽的話，我們都會用大笑蓋過他們的聲音，刻意忽視他們的發言，有時候還會挖苦他們。

我們決定跟睿俊一起創立世界民族服飾研究社，推廣蘇格蘭男性穿裙子的傳統，讓認為只有女生能穿裙子的人認識蘇格蘭裙。我們想創造一個睿俊能夠自在穿裙子的世界，就像過去銀星為那個世界創造了新規則一樣。

男生都還記得我們，卻又出現了一些我們不記得的人。我注意到幾個二年級開學時沒見過的人，我主動去跟他們打招呼。

「嗨，我是蔡真理。」

「喂，蔡真，妳幹嘛突然這麼正式的跟我打招呼啊？」

我帶著平凡的笑容看著對方的眼睛，制服外套上面繡的名字非常陌生。金雅妍。我以前從沒見過她。笑容逐漸從她臉上消失，我才明白我那像看著陌生人的表情傷害了她。然後我才想起來，雖然我跟她是第一次見面，但她應該已經認識我了。

這些人肯定也曾經生活在其他的世界，然後才來到這裡。即使我不記得，但我還是得試著配合他們的記憶。如果他們來自我不曾經歷過的世界，那我還有很多事情想問他們。畢竟，也許有一天，我們會被邀請到他們的世界去。

雅妍轉身離開，而我呆站在原地。她的手摸著頭慢慢走遠，像是在懷疑自己的記憶，我能從她僵硬的背影看出她的失落。

「等一下！」我跑上前去拉住她的手。「對不起啦，我得了記憶延遲症。」

原先愁眉苦臉的她瞬間換上驚訝的神情。我們沒有回到以前生活的地方，這裡是一個新的世界。雖然我一直說想回到過去的世界，但其實我希望自己生活的世界能比過去更好。雖然我知道未來還有很多煩惱等著我，但我願意一一去面對。如果這個世界需要新的故事，那我希望那個故事能從我開始，我想用我的人生接納這些全新的記憶。

「雅妍，我需要妳的故事。」

勳宇跟智妍沒有回來，我們也不時需要面對新的問題。也許我未來還會遇見一些過去沒有的問題，畢竟這裡不是完美的天堂，但為了讓這個世界徹底屬於我，我什麼都願意做。

兩個人

我們會定期在海拉家聚會，並把睿俊當作試驗用的帆布練習化妝。我們很熱衷這件事，熱衷的程度甚至讓我覺得，我們未來說不定有機會當專業彩妝師。說實話，我沒想過化妝竟是件這麼辛苦的事，不僅會腰酸背痛，還會滿身大汗。每次替睿俊化妝前，我還會做準備運動暖身。不過累歸累，如果我做自己喜歡的事情，不僅能讓別人獲得幸福，還可以賺到錢，那我非常願意把這件事當成自己未來的職志。

以前我會上網找異裝模特兒來當替睿俊化妝的範本，但現在我決定換個方向由我們自己來當模特兒。如果沒有前例，那就自己站出來開創前例。我的目標沒有非常遠大，我只希望睿俊能好好愛自己，並且創造一個能讓我們都滿足的先例。

化完妝後，我們會找出最好看的角度拍照留念，再上傳到個人部落格。上傳後總是會收到惡評，但我們這麼做並不是想取悅別人，而是不想隱藏自己。畢竟無論怎麼解釋，那些留惡評的人都不可能理解我們。

「有些人只是比較與眾不同，他們就一天到晚要別人不要太囂張，真希望政府能下道行政命令叫這些人閉嘴。他們自己活得那麼封閉，為什麼也要強迫別人跟著一起封閉啊！」

「可能是只有自己很封閉，讓他們覺得很難過吧。」

我們一一封鎖那些一看就知道是隨便建的免洗帳號，封鎖到最後都有些累了。

「一直封鎖真的很累耶，而且其實封鎖一點用也沒有。你看廁所牆壁上貼了那麼多至理名言，也很少有人真的拿那些來當人生的圭臬啊。」

其實，不是只有睿俊被別人口中的言論逼著壓抑自我，我們也經常被要求隱藏、壓抑最真實的自己，我們總是只能聽，無法做任何反駁。

我們得笑著聽別人說我們不耐操；有時坐在椅子上休息一下，就會有人說我們手腳不夠俐落；我們不受拘束地做自己，就有人說我們不夠端莊，甚至還會有人說我們不漂亮就沒價值。只要稍微偏離他人訂的標準，就會遭到輕視。當我們勉強自己配合外界的條件，人們才會覺得我們看起來終於像個普通人。他們肯定是希望我們不再吵鬧、變得沒有特色，每個人都穿上相同的服裝，帶著相同的表情過一輩子。

雖然現在不像朝鮮時代，女性可以享有參政權，也不會再遭到露骨的批判或非人道的待遇。但我總會想，現代社會也許只是用更高明的手段，在執行過去對女性的壓抑。

網路世界的情況比現實社會更誇張。很多留言質疑我們怎麼沒被消滅，但沒有被剔除出這個世界的人究竟是誰？我們決定以後收到惡意留言不要再生氣、憤慨，而是要同情那些被困在網路留惡評，任憑自己的人生在陰暗角落發霉的人。那些人從來沒想過要創造新的規則，他們的想像力無比貧弱，根本是只有固定行為模式的機器人，真的很可憐。

「希望我們都能變得更厚臉皮一點。那些懦弱、不負責任，整天只會到處罵人的傢伙，其實只是在告訴全世界，他們才是遊手好閒，什麼都不做的人。」

我的這番話讓海拉跟睿俊讚嘆。海拉不見的那段日子，我總會想像她面對這些事情的反應，而這也讓我現在說話更像海拉了。

我知道，一個會讓睿俊感到孤單的世界，會讓我也感到孤單。所以就算是為了自己，我也絕不能放任這個世界發展成會令睿俊絕望的模樣。就算是為了讓自己過快樂的生活，我也一定要多管閒事。

我們需要更多武器，需要更多聲音。

「叫那些出聲呼救的人閉嘴，不就是要他們找個地方安靜去死的意思嗎？這些人說話太可怕了吧！」

「很多人都誤以為惡人比較強勢，善良的人比較弱小，其實大家只是不想跟他們計較。真希望國家可以發個什麼認證，讓每個人都可以公開批評這些嘴巴很臭的人。」

「不行！那會把這個世界搞得一團糟！」

「哈哈哈。」

「對了，隔壁學校傳了訊息來，內容是『ＣＤ』。」

我們也會私下偷偷跟其他的聲音見面。鼓起勇氣後遇見的這些聲音，擁有非常強大的力量。

我會帶海拉一起去跟銀星及東英高中漫研社的人碰面。我們一群穿著不同制服的人會坐在一起吃炒年糕。大家說學校人數變得跟以前一樣多，但也有一些人沒有回來，像是四班的智妍。

「她是雙胞胎嗎？」

見過兩、三次面後，觀察力敏銳的海拉立刻明白銀星在團體裡扮演的角色。她會有這個疑問，是因為田徑隊的銀星和漫研社的銀星，看起來就像截然不同的兩個人。

「我一開始也以為她是什麼雙重人格，她太多才多藝了，是個『八方美人』，什麼都會。」

「仔細一想，『八方美人』這個詞很好笑耶。多才多藝的人就一定是美人嗎？」

海拉曾經打算用「猴子的舌頭」這個詞來形容那些留惡評的人。在文學造詣方面很有「天賦」的她，這次開始計較起成語的合理性了。

「妳不知道妳也是個美人嗎？妳每次安慰我的時候，我也覺得妳在安慰人這方面可以稱得上是『多才多藝』。」

「妳這樣說我不反對啦。」

週末晚上，我跟海拉一起去銀星家。爸爸的手機無法再聯絡上過去的 BB Call，工作室裡的冰箱也沒有任何作用了。所以我想確認看看，銀星家現在是否還能和過去聯絡。

就在我們抵達銀星家附近時，路燈亮了，走在我們前面的人影瞬間被光線拉得好長。

我們能看見銀星家的大門就在不遠處，也能看見她站在門口的模樣。

「銀星……」

正當我舉起手想高喊銀星的名字時，我突然愣住，銀星身旁一個我以為是影子的東西突然動了起來，看起來像是有兩個人站在那裡。

「怎麼了？」

我趕緊做手勢要海拉別出聲，拉著她躲進旁邊的巷子裡。

「那個人現在要來取代銀星！」

我左右看了一下，從地上撿起一塊磚頭。

「等一下就要發生殺人案了！明天開始銀星就會變成別人！」

海拉放下她背著的包包，把背帶緊緊纏在手上，擺出一副遇到任何危險就要揮包打人的架式。

「就是現在！」

我們互換了一個眼神，立刻衝出巷子。

「妳們在幹嘛？」

巷子口站著兩個銀星。

「銀星！她要殺妳！」

「嗯？誰要殺誰？」

眼前長得一模一樣的兩個人同時對我們露出笑容，我們實在無法分辨誰是誰。我慢慢放下拿著磚頭的那隻手。

「我叫了兩隻炸雞，四個人應該夠吃吧？」

「四個人？」

我們充滿疑惑地跟在銀星身後，一起走進她家。

「妳們不是問過我是不是雙胞胎嗎？我以為妳們知道。」

原來是我誤會了整個情況，才導致剛才那場鬧劇，海拉用力打了我一下。

田徑隊銀星跟漫研社銀星，分享著同一個身分，連兩人的房間風格都很不同。確定不會發生任何殺人案，銀星也不會被取代後，我先是感到安慰，隨即又有些難過。勳宇難道沒有機會用這種方式，跟另一個他共存嗎？

「妳們誰是姐姐啊？」海拉問。

「她說她是姐姐，但其實我才是姐姐。」

「是她說她想當姐姐，我就讓她當了，愛計較順序的人才是妹妹啦。」

「哈哈，妳們是雙胞胎，卻只有姐姐，沒有妹妹。」海拉笑了。

她們是來自兩個不同的世界，卻擁有同一個身分的人。比起創造出離奇的意外死亡事件，這些擁有相同基因的人，如果能都以分身的形式活下去，不知該有多好？我注視著眼前的兩個銀星。

「既然炸雞也吃完了，該來公布我們的計畫了。我們希望妳們也能加入這個計畫。」

兩個銀星看著我們。

＊

幾天後，我特地打開電視收看新聞報導「複製人殺害被複製人」的案件。

「各位是否還記得，過去曾發生多起離奇死亡案？在那些案件中尋獲的遺體，都有著與他人相同的基因。不久前也曾發生民眾先尋獲演員K的遺體，誤傳演員K過世後，演員K又在自家召開記者會，澄清自己並未死亡的烏龍案件。網路上也陸續出現這一類雖然發現遺體，但當事人仍然健在的離奇死亡傳聞。」

新聞報導提到一篇網路社團裡的貼文。那篇貼文主張這世上絕對有製造複製人的實驗室，還公開了為研究室籌措祕密資金的企業與名人，我認為這有幾分可信度。因為名單上有許多做假帳、逃漏遺產稅等，被指控私下幹盡壞事的勢力。

那篇文章發布後，許多人紛紛留言，表示真的曾經發現相同基因的屍體，還有親朋好友一夜之間變得像另一個人。雖然有些留言提出即使是雙胞胎或複製人，指紋也不可能一模一樣，還有複製人的基因不會完全跟被複製人一樣等疑點，不過「複製人目擊資訊」還是占大多數。

這篇文章讓警察開始全力調查這件事。雖然沒有證據證明世上真有複製人實驗室，但至少短時間內，那些殺人犯不敢再輕舉妄動了。因為我們已經想出了方法，讓這些殺掉「正本」，並將其取而代之的人，會被人們當成是「假貨」。因為那篇貼文就是我們上傳的。

即便已經開始反擊，我們現在還不能掉以輕心。

我想起回不來的勳宇跟鍾赫，就覺得一定要繼續努力下去。那種人竟敢犯下這種滔天大罪，搶走我最寶貴的東西，我絕對不會輕易讓他繼承所有本該屬於勳宇的東西。

*

離開讀書室，我跟海拉一起走在回家路上。

海拉說她前陣子心平氣和地問了她爸媽一件事。

「我問了爸媽，只因為老三是女生就決定把小孩拿掉，這樣是不是太草率了。」

自己的存在被最親近的人否定，光想就讓人傷心。但就算真的因此去哭訴心中的不平，說不定也無法獲得安慰，只會讓自己難堪。

「大家好像都不把這當成一回事，但我得讓他們知道，不能因為性別而決定一個孩子的生死。既然我有機會回到這個世界，該說的話就還是要說。」

我點頭。

「我們總共有七萬人耶。」

我望著不知是因為烏雲，還是空氣太糟而灰濛濛的夜空。我相信在這片黑暗之後，肯定有著仍在閃耀的星星。即使此刻我看不見，但我相信星星一定存在。

在那一刻，我覺得自己是跨越了好幾個時空才來到這裡。我感覺自己就像守在一個最親近的人身旁，並透過他來體驗我的人生。我們就像在各自的世界累積了許多經歷，在這裡遇見彼此，然後繼續在新的世界旅行。

我想陪在海拉身旁，關注她未來的生活。我希望在我跟家人爭吵，想出門散散心時，她會是我最先想起的朋友。這個願望能實現吧？我們能一起活下去吧？既然我們活下來了，那就能確定，至少這個世界不會毀滅，對吧？

「妳決定好要讀什麼系了嗎？」

在回答海拉之前，我用另外一種角度思考了她的問題。

「嗯……」

要在哪裡，我才會最幸福、最安全呢？該跟誰在一起，才能享受最刺激的冒險呢？該活在怎樣的未來裡，我才能盡情以自己所屬的世界為傲呢？我想了想，最後才開口：

「我要跟著妳。」

海拉咳了一聲，然後輕笑出來。

「喂，我今年要轉組了啦，妳最好還是待在理組。如果我決定要去考藝術或體育，我覺得妳還是繼續走實用路線比較好，我們不要都把雞蛋放在同個籃子裡。誰知道以後的世界會怎樣？如果我們有一個人被打倒了，另一個人總要撐住吧？我們兩個最好要保持平衡，可不能一起完蛋啊！」

雖然沒有任何一個人被打倒，大家一起活下來才是最好的結果，但兼顧平衡，讓彼此都有存活的機會，似乎也是個不錯的選擇。

一想到畢業後就得跟海拉分開，我已經開始難過了。就連一起回家的今天，也很快會成為回憶。如果我在新的地方交到合得來的朋友，我應該會一邊想念海拉，一邊告訴對方，他是繼海拉之後，第二個能讓我敞開心胸的人。

海拉，妳會一直是我選擇朋友的標準。以後我認識的人，都必須要至少跟妳一樣，才能成為我的朋友。

我希望我們能一直互相拯救，一直好好相處下去。無論未來如何，我都希望我們的友情能延續下去。當我們的故事延續下去，我們就能一直是我們。

我們從出生的那一刻起，就一起克服了死亡。在也許會早夭的恐懼之中，我們展開了新生命。在跟海拉重逢的這條路上，許多人提供了我幫助。

有些人像銀星一樣，告訴我未來有多麼可怕；有些人像銀星與我們的父母一樣，傾聽著未來的聲音。這一切都串聯在一起，我深信不疑，未來也不會改變。像我媽媽這樣提前離開的人，她的故事也會由我們繼承。「我們」如此迫切地團結在一起，努力將生命延續下去。

說女性一點都不關心周遭發生的事，那是騙人的，我就一直在與這個世界對抗。

在這個清除我們的國家，與世界對抗著。
以後我們不會再遺忘任何人。
直到我們一起走到盡頭。

後記

爸爸無法重拾日常生活。他極度害怕被報復，也對失去的一切感到痛心。我決定繼續留在爸爸身邊，多給他一點時間，等待鮮奶油可頌回歸我的生活。

寒假開始後，總統選戰也開始了。就像電影上映前總會先釋出預告一樣，我也看見世界即將改變的徵兆。我知道這個新的世界不會是天堂，也絲毫感覺不到這些改變之中蘊含任何希望。畢竟，變壞也可以是一種改變。我早就做好覺悟，也會一直這麼提醒自己。

二〇〇七年無論對我或對任何人來說，都是多事之秋。

今年十月，總統經由陸路訪問北韓。這是值得載入史冊的事，也很值得眾人熱烈討論，新聞報導卻十分冷淡。未來，這件事真的會被寫進課本裡嗎？我睜大眼睛盯著索然無味的新聞，沒過多久便轉臺了。未來如果有人問我親眼見證那一刻的感想，我該怎麼回答呢？我想我只會說很無聊。

「就只是一則很普通的新聞。」

一個足以留名青史的事件，就這樣悄無聲息地從我眼前溜過。畢竟我的日常對我來說，都是極具歷史性的每一刻，那這些極具歷史意義的時刻，或許就跟日常生活一樣不足為奇吧。

那一年十二月，忠島近海發生三成一號起重機船衝撞意外，停靠在港口的油輪上裝載的原油因而外洩。這些可怕的意外總令我心驚膽跳。讓我擔心這會不會又是誰策劃的陰謀，現在會不會仍有人在祕密籌措資金，意圖繼續可怕的實驗。全身沾滿油汙的海鳥照片實在慘不忍睹，我實在無法繼續想像下去。

總統選舉投票日在年底登場，每個人都在選舉中嶄露他們的慾望，並殷殷期盼自己的心願能夠實現。即便人人都渴望享福，但若能夠分給眾人的福氣有限，那麼神會如何分配呢？曾任教會長老的候選人成為了國家的領導者，他以神的代理人之姿告訴群眾，所有誠心禱告的人都會成為富人，為了禱告，請大家閉上自己的雙眼。

人們的歡呼只令我不安，那就像是每一部災難電影都會有的平靜開場。意圖創造人工子宮的人銷聲匿跡，但我知道他們依然繼續執行著祕密計畫，嘗試打造對自己有利的未來。此刻，過去與未來的勢力彷彿仍在暗中勾結，繼續為了實現野心而蠢動。

我們死過一次之後，事情就到此結束了嗎？並非如此。只要這個世界對特定性別、特定勢力有利，那麼使毫無抵抗之力的人們消失的事，便會隨時以不同的面貌捲土重來。

二〇〇七年邁入尾聲。氣象報告指出，受到溫室效應影響，今年冬天將沒有往年那麼冷。過去三十年來，冬天的平均氣溫升高了兩度。今年首爾冬季的平均溫度預期會是負〇點四度，比往年要高了〇點五度。但氣溫依然在零下嘛，所以我升上高三，依然過了一個冷颼颼的冬天。在地球逐漸升溫的改變之中，身邊仍有許多事一成不變。我依然膽小，也跟以前一樣經常後悔。我做事總是手忙腳亂、經常犯錯，頻率高到連自己都驚訝。這些匆忙又慌亂的時刻串聯起來，就成了我的日常，我很好奇這樣的自己究竟何時才會長大，才會變成熟。我必須堅持下去，好好體驗「〇點五度」的改變究竟有多大。

我終於看見爸爸踏出房門了，頂著一頭亂髮向我說明新開發出來的麵包。他這陣子熱衷於研發麵包，搞得我實在無法分辨自家的廚房究竟是烘焙工作坊還是實驗室。

「這麵包便宜、好吃又能放很久，我還加了很多營養品進去。」

爸爸興奮地說，要把這些材料跟食譜寄去非洲。他說得口沫橫飛，好像即將拯救人類一樣。而我只是看著爸爸演獨角戲，就像在看一篇搞笑漫畫。

我吃了剛出爐的麵包。雖然不甜，卻比以前的麵包感覺更健康一些。我仔細咀嚼，好好品嘗麵包的滋味，我想這樣的改變，或許也代表爸爸想要用不同的方式改變世界的決心。

高三的新學期初始，空氣冰冷得讓人難以察覺春天已經來到。我在學校前的十字路口跟爸爸道別，開始度過各自的一天。

「我去上學了。」

穿越冰冷的空氣，我緩慢地跑了起來。冷空氣中夾雜著沙塵，我緊緊閉上眼睛，讓沙塵跟著眼淚一起流出來。這一次的流淚是眼睛排出異物的本能反應，流淚並不總是代表悲傷，人在悲傷時也並不總會哭泣。

我一早就跑得氣喘如牛。距離上課還有段時間，我根本不需要用跑的，但因為我能夠跑，所以決定用跑的去學校。我想讓自己有點喘，有一點緊張。我只想著要跑步，腦中沒有其他想法，就似乎能一直跑下去。

我沒有多留心查看早晨的風景，只是專注地向前跑。在被我推到身後的風景裡，世上的一切都在屬於他們的時間裡緩緩地流動。我向前跑著，風迎面吹來，在我決定停下腳步之前，我覺得自己能夠不帶一絲留戀地送走眼前的風景。至少在我跑起來的這段時間裡，我可以自由決定這些景色經過我身邊的速度。

俗話說冬天出生的孩子比較不怕冷，但俗話就只是俗話。我是個冬天出生的孩子，但每到冬天還是冷得發抖，即使氣溫並沒有特別低。即便如此，我也沒有比較不怕熱。天冷時會冷得發抖，天熱時會熱得直冒汗。晴天時，我會惋惜陽光只能短暫露臉；陰天時，我會為陰沉的天氣感到遺憾。我彷彿沒有一天覺得日子很輕鬆，每天早上的心情都無比陰沉。那些平凡的日子也一點都不精采，每晚都令人感到淒涼。簡單來說，能夠讓我感到放心的時刻非常短暫。我甚至要在度過安心的那一刻，才會驚覺自己剛才一度感到安心，無法好好享受那樣的時刻，讓我覺得好難過。

明年我即將成年，身為一名十多歲的青少女，我的生活始終不太快樂。到了二十歲、三十歲會有什麼改變嗎？到了四十歲、五十歲，會比現在更好嗎？六十歲、七十歲呢？要到什麼時候，我才能夠學會安然以自己最真實的模樣，過著幸福的生活？也許我不會知道如何找到這種方法，甚至永遠無法領悟、無法察覺自己並不幸福。人類不是年紀越大就越會明白，人生是一連串苦悶的過程嗎？

這些無以名狀的疑問，彷彿永遠不會有解答。每當我為此感到疲憊時，我會試著勾勒出曾經存在於過往風景的畫面。我想像為了自己的理想而奮鬥的朋友拍拍我的肩，對我露出笑容的那一刻；想像朋友買辣炒年糕時會提前想到我，手上提著裝有兩人份年糕的黑色塑膠袋，小跳步朝我跑來的那一刻；想像帶著兩個世界的記憶共享同一個身分的朋友，拿著我的信朝我跑來的那一刻；想像當我高喊著我想活下去，爸爸、媽媽、朋友和許多人，跟我一起高喊著好想活下去的那一刻；想像著我參與了每一個人的決心；想像著在無數的可能性之中，所有人都呼喊同一件事的世界。

我試著想像那個唯一的世界，想像活在其中的我。如果是在那樣的風景之中，那即使我的問題沒有獲得任何明確的答案，我似乎也能堅持下去，我似乎能夠甘願讓自己成為這個世界的一部分。

我跟海拉一起計算過一個數字。一天有超過五百人，一個小時至少超過二十人，在世上的某處經歷不可能發生的重逢或分離。如果一個離開這世界的人總共認識一百個人，那麼一小時就有兩千人，每天就有五萬人在歷經離別。在這小小的國家裡，人們每天都在永遠與某人道別。我偶爾會想起媽媽、智妍和其他朋友，以及那些提前離開我們的人。雖然只是偶爾，但我試著成為一天中會在某一刻、某一個時間傷心的那兩千人之一。接著我會把隱形的接力棒交出去，交給會在某處承接我的心意，繼續傷心下去的人。畢竟，要無時無刻沉浸在悲傷之中，實在是太吃力了。我相信我們都在一起分擔悲傷。

我們不能隨意地把別人的故事交付下去，我們必須要用心傳遞，即便這只是為了讓故事能夠進入下一個階段也無妨。

我試著把自己的夢想，建立在別人曾經的夢想上，即便此刻我並不知道他人身在何方。我想一點一點把無法靠一個人完成的故事寫完，我相信這會成為所有人的歷史。

我跟爸爸曾經生活過的簡單世界、媽媽還活著的世界、爸爸突然變成有錢人後讓我失去朋友的世界，還有與人們一起改變過去，讓我們能再度重逢的世界，經歷了這四個世界之後，我終於明白，過去與未來都不是只有一個固定的樣貌。就連此時此刻，過去與未來也隨時都在改變。

所以希望世界能夠給我們最低限度的許可，至少容許我們能夠愛著自己原本的模樣。直到我們能夠真正抵達未來，直到我們能夠拯救我們。

到了那時，我應該也會是個比現在更好一些的人，跟以前稍微不一樣的人了吧？如同這個世界會不斷改變，我相信人類也不是一成不變。我們是不安的存在，我們會一點一滴改變，也會驟然劇變。無論如何，我們都會慢慢學會共存的方法。無論如何，只有當我們的世界不再只有自己，這裡才會成為一個真正的世界，而不只是一個僅存在著無限可能的世界。

海拉跟睿俊在校門口向我揮手。一看到朋友們，我便開始大口喘氣，放慢腳步。

「真理！」

海拉一邊揮手一邊叫我，睿俊笑吟吟地站在一旁。

一看到海拉的臉，我也忍不住笑了出來。我這麼努力對抗命運，好像就是為了來見妳啊，海拉。

我朝妳跑去，連接妳我之間的那條線似乎更加清晰。我想像我們曾經走過的時間，妳與我的旅程交會，最後成了我們的旅程。我們走過的世界，最後終於合而為一。最糟糕的時刻、被留在過去的時刻、一起創造的時刻、重逢的全新時刻，讓我們把每一刻拼貼起來，創造專屬於我們的世界。讓我們擁抱當下，就像擁抱人生第一次也是唯一一次的精采時刻。

我們是目擊者，也是倖存者，更是傳遞者。我們是冒險者，足跡踏遍人們未曾去過的地方。我們是樂天主義者，不相信反烏托邦就是這個世界的結局。我們很好奇自己未來會成為什麼樣的人，所以，各位，跟我一起走過未來吧。

讓我們朝著那些未曾經歷的時刻前進。讓我們擦去汗水、調整呼吸，繼續前進。邁開步伐，朝妳走去。

海拉遞手帕給我時說：「我們也要跟妳一起跑嗎？」

我朝著有足以稱為「我們」的人所在之處，朝著回頭用燦爛笑容看著我的朋友身邊前進。即使漫長的隧道無比幽暗，但隧道的盡頭總會有光。

我和渴望共同實現夢想、渴望將這裡化為現實的人們一起，穿越眼前的操場。

在迎面而來的冷風之中，我感受到春天即將來臨的氣息。

作者的話

無論自己如何努力想守住尊嚴，只要外在的條件不尊重我，我便難以支撐下去。這種事我經歷過很多次，那讓我感覺像變成透明人，像莫名其妙被醉漢踹了一腳的電線杆。在他人的集體忽視當中待久了，連自己也變得難以尊重自己。

住在日本，在便利商店、在餐廳工作時總是如此；在上門替人打掃時、在週末與清晨工作時也是如此。從事這些算鐘點的工作，無論我如何加班，都無法賺到足以支應一個月生活開銷的薪水。人們一眼就能看出我沒有購買力，每每經過與地鐵相連的百貨公司地下街，我總會變成透明人。在窘迫的條件之下，仍斗膽想以創作者之姿維生的貪念，使我必須付出如此龐大的代價。

因為我是個不諳日語的外國人、因為我是個韓國人、因為我是名年輕女性、因為我打零工，或許是因為這每一個條件加總起來，使我的存在感越來越稀薄。但我不想找藉口，所以拚命掙扎，假裝這個世界從來就沒有歧視。國籍歧視、厭韓情緒、性別歧視、職業歧視（在韓國的話就是學歷歧視、地區歧視，甚至可能會因為出身地或居住的公寓而遭到歧視），我刻意忽視這一切。即使真有這些歧視，但要是太過在意它們，便無法好好過生活。

每每遇到不順心的事，我總會責怪自己，認為是因為我不成熟、無知、愚笨，才會遇到這些事。與其責怪環境，不如責怪自己。我對自己的責罵，超過了我需要承擔的極限。這讓我開始害怕，害怕連自己都放棄自己的那一刻來臨……雖然我遭遇的難關不只這一個，但在三十五歲時，我度過了人生最提心吊膽的一段時期。幸好當時身邊有人能一起努力，我才好不容易撐過那個難關。現在的我之所以會選擇活下去，是因為我想用這條命來回報當時所獲得的協助。

一個人的存在價值與他的職業、品行、人格、性別、學歷、國籍等毫無關聯。所謂的身分認同，很多時候都只是偶然促成的結果。就像我是韓國人、我是女性，都只是偶然造成的結果。生活在日本，只因為我是韓國人，人們就對我講話不禮貌，我認為那只是偶然。在以男性為主軸的權威組織裡，因為我是外國人、因為我是女性，或因為我不屬於任何一個派系而被歸類為非主流，也全都只是偶然。從事危險的工作卻只領最低薪資、「一星期工作一百二十小時」仍無法過得像個人，同樣也只是偶然。我只是偶然出生在一個勞動價值低下，且相當輕視勞工的世界而已。雖然聽起來很難過，但這都是事實。我只是偶然貧窮，而且越是掙扎越是貧窮。奇怪的是，貧窮會使人在物質與心靈上都遭到孤立，使人們逐漸成為被抹消的存在。這明明是個很偶然的結果……

看見別人瞬間被抹除、被消失，是件非常可怕的事。全球因新冠肺炎而死的人數沒有得到正確的統計；許多兒童、青少年、女性與老人都面臨受虐與自殺問題；有些人在危急時刻沒能得到必要的治療或救助；有些人到沒有任何安全措施的工地做外包商，面臨可能喪命的風險；社會發明「約會暴力」這樣的用詞，將受虐的責任轉嫁給被害者，在這樣的過程中有人悲慘地死去……在這一刻，有無數的生命消逝或即將消逝，卻沒有人重視。這些都不是別人的事，一想到這些事也可能發生在我身上，我就感到害怕。所以我當時之所以沒死，能繼續活到今天，確實就只是偶然。雖然我感到慶幸，卻也感到無力且悲傷。

本書在二〇二二年出版，在這一年韓國的總統大選中，女性議題徹底消失。好像女性打從一開始就不存在於這個社會，徹底在選舉中缺席，這的確是史無前例的情況。這些候選人在選舉時抹消了這世上一半的人，仍能得到選票（或者說他們是必須抹消這世上一半的人，才能獲得選票），並坐上能決定政策與制度的位置。這將會催生出刻意抹消特定人士的計畫、假裝一開始就沒有任何問題的詭異和平。如果有人認為這種結果不會帶來任何不便，那我想告訴你，那是一種不道德的誤會。所以我不得不凸顯自己的存在，雖然這是一件麻煩又吃力的事。我仍要高喊——我在這裡，我不會如你們所願地死去，我會代替那些費盡力氣只為生存的人們，盡一份心力。

為了暗喻那些被抹除、被消失的存在，我在這本小說裡創造了「被抹消的世界」。

其實我必須非常小心，才能以與我不同世代的主角為第一人稱寫故事。由於我並不是一九九〇年出生的人，所以編輯也很仔細地檢視我所寫的每一句話。我一方面擔心太過放大自己的想法，一方面又覺得在討論某些問題時，若只強調那是當事人的個人經歷、限縮那些言論所代表的群體，其實是一種孤立被害人的做法。我認為就算不是當事人，也應該要把別人的狀況當成自己的問題，試著易地而處。從不同世代、不同立場的觀點來看待一個問題時，或許就會產生新的交集，讓彼此能夠合作。

我一直認為自己光是維繫日常生活就已經非常吃力，無暇顧及其他，這也讓我的思維始終無法跳脫出個人，放大到群體。但我知道，還是有不少人即使生活困難，仍願意挺身而出，為了改變這個世界而戰鬥。我很想謝謝這些為了享受新時代而鼓起勇氣的人，尤其是現在年紀恰好是二十、三十歲的女性。

身為上一個世代的人，我沒有盡到屬於自己的責任，這讓我感到很羞愧，但也多虧了這群人，我才能夠在寫小說的同時鼓起小小的勇氣。雖然難以透過文字、作品以及他人的生命，完整回報過去我所獲得的安慰，但我也終於敢去期許自己能為他人帶來一些勇氣與慰藉。

我身為一個同樣努力撐過每一天的人，想要在這裡祈求所有人都能平安。為那些即使被抹消、被遺忘，仍然努力活下來的人們；為畫下停損線，讓世界不會再更糟糕的人們；為在各自的第一線努力奮鬥的人們；為人數比想像中更多的我們、更強大的我們祈求平安。我一邊祈求，一邊將許久以前的求救訊號「505」從懷中掏出來檢視。希望我們都能平安，無論何時何地，無論你活在哪個世界。

出版第一本長篇小說，每一個過程對我來說都是一大挑戰。雖然終於跨出艱難的第一步，但我內心其實很煎熬。感謝文學與知性出版社決定並協助我，陪著我一起做出這個困難的嘗試。

二〇二二年新春

黃麻瓜

我們，再次重逢的世界／黃麻瓜（황모과）著. 陳品芳 譯. -- 初版. – 臺北市：時報文化，2024.3；
224面；14.8╳21 公分. --（STORY；071）
譯自：우리가 다시 만날 세계
ISBN 978-626-374-813-2（平裝）

862.57 112022245

ISBN 978-626-374-813-2
Printed in Taiwan.

※本書獲得韓國文學翻譯院（LTI Korea）之出版補助。
This book is published with the support of the Literature Translation Institute of Korea(LTI Korea).

STORY 071
我們，再次重逢的世界
우리가 다시 만날 세계

作者 黃麻瓜｜**譯者** 陳品芳｜**主編** 尹蘊雯｜ **執行企畫** 吳美瑤｜**封面設計** 蕭旭芳｜**副總編輯** 邱憶伶｜**董事長** 趙政岷｜**出版者** 時報文化出版企業股份有限公司 108019 臺北市和平西路三段240號 3 樓 發行專線─（02）2306-6842 讀者服務專線─0800-231-705．（02）2304-7103 讀者服務傳真─（02）2304-6858 郵撥─19344724 時報文化出版公司 信箱─10899臺北華江橋郵局第 99 信箱 時報悅讀網─www.readingtimes.com.tw 電子郵件信箱─newlife@readingtimes.com.tw ｜ **法律顧問** 理律法律事務所 陳長文律師、李念祖律師 ｜**印刷** 紘億印刷有限公司 ｜ **初版一刷** 2024年 3 月15 日 ｜ **定價** 新臺幣420 元 ｜（缺頁或破損的書，請寄回更換）

時報文化出版公司成立於 1975 年，1999 年股票上櫃公開發行，2008 年脫離中時集團非屬旺中，
以「尊重智慧與創意的文化事業」為信念。